上海市金山区图书馆 编

金山竹枝词

风俗与人文篇

上海大学出版社

图书在版编目(CIP)数据

金山竹枝词.风俗与人文篇/上海市金山区图书馆编.—上海：上海大学出版社，2024.4
《吴越文脉传承工程》系列项目
ISBN 978-7-5671-4946-5

Ⅰ.①金… Ⅱ.①上… Ⅲ.①竹枝词—作品集—金山区 Ⅳ.①I222.8

中国国家版本馆CIP数据核字(2024)第055526号

责任编辑　陈　强
封面设计　缪炎栩
技术编辑　金　鑫　钱宇坤

金山竹枝词·风俗与人文篇

上海市金山区图书馆　编
上海大学出版社出版发行
(上海市上大路99号　邮政编码200444)
(https://www.shupress.cn　发行热线021-66135112)
出版人　戴骏豪

*

南京展望文化发展有限公司排版
上海华业装潢印刷厂有限公司印刷　各地新华书店经销
开本890 mm×1240 mm　1/32　印张10　字数224千
2024年4月第1版　2024年4月第1次印刷
ISBN 978-7-5671-4946-5/I·699　定价 59.00元

版权所有　侵权必究
如发现本书有印装质量问题请与印刷厂质量科联系
联系电话：021-56475919

《金山竹枝词·风俗与人文篇》编委会

主　　任：李泱泱
副 主 任：朱　瑛
主　　编：陶幼琴
副 主 编：肖　哿　胡艳倩
执行主编：张青云
助理编辑：吴叶苇

前言

中唐诗人刘禹锡在参与王叔文的政治革新失败后,牵连坐罪,迭遭贬谪,当其贬官任夔州刺史之时,除了流连于三峡雄奇险秀的山水之间,同时也对巴渝地区活泼清新的民间歌谣情有独钟,多所采撷。其显例就是根据当地民歌的风格改制新词,将七言绝句的体裁和民歌谣谚的词藻完美结合,自创了一种全新的诗歌样式——竹枝词。刘禹锡所作竹枝词迄今尚存11首,内容多吟咏三峡风光和男女恋情,语言通俗明畅,音调轻快悠扬,将诗意和民风熔于一炉,词浅意深,语近情遥,给人以耳目一新之感,令文人雅士和贩夫走卒俱为之心折,传诵不衰。竹枝词自刘禹锡创体以来,脍炙人口,流传广泛,后世文人多有仿作,踵事增华,作品山积。随着时代推移,内容亦有极大的突破,从地域风光、男女恋情拓展到物产美食、劳动场景、经济生活、民间习俗等领域,生活气息更臻浓烈,纪实特点愈加彰显,从而成为研究地方风土民情的第一手资料。由于竹枝词厚植于民间土壤,以劳动人民喜闻乐见的事物作为描写客体,且具有易诵易记的特点,因而其"人民性"和群众基础无疑远胜于士大夫阶层才能欣赏的古典诗词,这也是它葆有持久生命力的主要原因。

金山地处海滨,古称雄州,田土膏腴而水网纵横。此地风光旖旎,蜚声四海;物产丰饶,甲于一方。兼之风俗淳厚,人民聪勤,凡此种种,无不成为历代文人竹枝词创作的不竭源泉。自元末流寓来金的诗人杨维桢所作《海乡竹枝歌》《云间竹枝词》发为首唱;明人顾玠《金山杂咏》赓续韵事;清人则有程超《朱溪竹枝词》、王丕曾《留溪杂咏》、顾文焕《亭林竹枝词》、吴大复《秦山竹枝词》、沈蓉城《枫溪竹枝词》、曹灯《千巷竹枝词》等各擅胜场;到了民国年间,南社名贤高燮尚作有《乡土杂咏》70首,犹如余晖残霭,仍照一方。上述竹枝词作品量多质精,总数近2 000首,业已成为金山优秀传统文化、乡土文化宝库中的珍品。

金山竹枝词第一个显著的特点,乃是继承了《诗经·豳风·七月》反映黎民百姓生产劳动之艰辛的优良传统。"潮来潮去白洋沙,白洋女儿把锄耙。苦海熬干是何日?免得侬来耙雪沙"(元·杨维桢《海乡竹枝歌》)、"量盛海水十分煎,老幼提携向市廛。最苦疲聋霜雪里,一筐值得多少钱"(清·王丕曾《留溪竹枝词》)。此二首竹枝词皆描述金山盐民生活,并寄予悲悯恻怛之情。前一首中"雪沙"即白盐之譬喻,透过盐场女儿切盼"苦海熬干"的心声,曲折表现出制盐生涯的苦楚,意境与北宋词人柳永赋咏盐民生活的名作《煮海歌》颇相仿佛;后一首生动呈现盐民结队于隆冬奇寒中售盐而获值低廉的场景,读之令人酸鼻不已,氛围描写方面则与白居易新乐府诗《卖炭翁》同一机杼。金山先民濒水而生,农作之余兼事捕捞,竹枝词中也有生动的反映。"南湖两岸列渔矶,渔兄渔弟静夜依。捞得鱼蟹携满篓,商量入市待朝晞"(清·时光弼《张溪竹枝词》)。旧时张堰张泾河段渔人夤夜捕捞并争赶早市的情景历历如绘,笔致疏宕中含情韵。"泖蟹相看似蝃蛛,产由急水异汾湖。三更竹篍篝灯守,几处鱼罾草舍俱"(清·沈蓉城《枫溪竹枝词》)。此首描绘枫泾水产泖蟹和捕蟹人彻夜劳作的场面,真切动人。明清之际,金山纺织业极称兴盛,各家竹枝词也多有涉笔。"春潮覆草半江青,长水分涂客未经。少理蚕丝多织布,百家烟火傍朱泾"(清·陆宝《朱泾竹枝词》)、"我乡布利泂堪夸,不道连年雨烂花。布贱花昂咸折本,家家纺织尽停车"(清·白泾野老《俭岁竹枝词》)。前一首写舟泊朱泾亲见布业带来的市井繁荣,刻画工细,宛然一幅《清明上河图》。后一首作于灾年,有感于霪雨烂棉,万家罢纺,一派萧条景象,令人喟叹不已。

歌咏风光物产自然也是金山竹枝词一个蔚为大宗的主题。"十里山塘水色鲜,菱花开处藕花连。轻舟荡入波心里,只少吴娃唱《采莲》"(清·吴大复《秦山竹枝词》)。旧日秦山下山塘河的水色花光在文人多彩的笔下得到优美的体现,写景空灵清远,令人为之神驰。"青帘不挂酒家胡,白舫何人更泛湖?千顷湖光春涨绿,元人诗笔宋人图"(清·顾文焕《亭林竹枝词》)。此首则细摹亭林湖春日的景致,设色工丽,风神摇曳。"绿波红树得秋多,指点天空一鸟过。我向溪南看落日,湾头毕竟最嵯峨"(近代·高燮《乡土杂咏》)。此首描摹朱泾市南落照湾风光,笔调明净秀润,纯用白描,但似俗实雅,体现出上流社会文人流连光景、吟赏烟霞的雅人深致。物产方面,则以写水产的为多。"风翻白漾卷菰蒲,叶尽桑园噪冷乌。思向钓钩浜口去,教郎网捉四腮鲈。"(清·沈蓉城《枫溪竹枝词》)从句末可知,以产于松江秀野桥著称的名鱼"四腮鲈"在昔日的枫泾钓钩浜亦曾出产,不禁令人食指大动。"渔家惯住野塘前,开到菱花便棹船。钓得竿头乌背鲫,小仙也说是神仙"(清·程兼善《枫溪棹歌》)。诗中渔人因钓到野生鲫鱼"乌背鲫"的忭跃之情跃然纸上,殊有兴味。

  此外,金山竹枝词中涉及地方风俗和男女恋情的篇章也是指不胜屈。"野畦春暖日迟迟,秦望山头景物滋。田妇村童都结伴,桃花看到菜花时"(清·时光粥《张溪竹枝词》)。昔时张堰风俗,每年三月初一、十五为里人游秦山赶集之期,此首竹枝词句妍韵美,以淡雅疏隽的笔触记录了阳春之际秦山集市游人辐辏之盛况。另外,节庆风俗也是竹枝词里的重要题材。"元宵宴乐兴偏酣,望秀浜东庙港南。爆竹连声锣鼓闹,高烧柴火庆田蚕"(清·沈蓉城《枫溪竹枝词》)。此首声色俱足地描绘正月十五枫泾百姓欢度元宵佳节的勃勃兴致,末句兼及江南农村是日以火占卜丰歉的祈年民俗——"烧田蚕",情调欢愉。至于男女恋情之作,金山竹枝词上承刘禹锡竹枝诸作的精髓,吐属风趣,坦白深挚。"水连南汇近新街,小艇藏娇一字排。日暮盼郎郎不至，沿堤蹴损凤头鞋"（清·时光弼《张溪竹枝词》）、"莲花泾里月生光，菱荡湾中风送凉。妾唱莲歌郎唱曲，采菱何似采莲香"（清·沈蓉城《枫溪竹枝词》）。第一首以女郎口吻写自己于江边伫候情郎的焦灼情态，形象传神，颇耐咀味。第二首韵淡思幽，始则描写枫泾莲花泾、菱荡湾的幽谧景致，继则衬以一对情侣采莲撷菱并互对情歌的动人情景，欢快而热烈，颇能拨动读者的心弦。

  竹枝词从民歌体裁演变为文人诗歌，充分证明了其具有历久不衰的艺术魅力，当然，这种诗歌的作者群体还是以中下层文人为主，观念正统而地位尊崇的诗人词家往往不屑为之。金山竹枝词的作者也多为"落拓江湖载酒行"或"躬亲稼穑"的布衣诗人，但他们的作品放笔直书，俗不伤雅，在浓郁的泥土气息中饱含对桑梓风物的挚爱之情，交织出一幅幅色彩斑斓的海乡风情图，诵读之余，令人齿颊生香而击节赞赏。这些俚雅相参的竹枝词作品，从价值定位而论，既是古典诗歌遗产，也是农耕文化遗产。

  在当前党和国家大力实施乡村振兴战略的背景下，如何立足乡村文明，传承发展提升乡村优秀传统文化，已成为一个重要命题。上述金山竹枝词中蕴含着大量的乡土文化符号，综合反映出昔时金山的乡貌乡风乡俗，无疑是本土乡村优秀传统文化的杰出代表。有鉴于此，我们秉持"文旅融合"的全新理念，精心选编了本套"金山竹枝词"特色图书，根据作品的描述主体及相关内容，分为"胜迹篇""风俗与人文篇""风物与人文篇"三种，每种一册，每册收录竹枝词作品150首左右，逐年推出，以生动呈现昔日金山的名胜古迹、民俗节俗、土特名产等乡村文化要素，以使广大市民读者及青少年领略传统，记住"乡愁"。为打通阅读障碍，阐发诗意内涵，书中所选竹枝词作品除正文之外，并附以专业的题解说明、注释、今译，另外，也酌配了部分图片，通过这种普及与提高相结合的形式，相信会提升本书的阅读趣味。我们希望，本书的编选和出版，能够为乡村振兴战略的文化篇章生色；并为推进江南文化研究、打响金山"上海湾区"城市品牌作出公共图书馆应有的贡献。

《金山竹枝词》编委会
2021年9月16日

目 录

时令节俗

贺岁	001	江南春	027
闹新年	003	清明	029
过新年	005	清明	031
辞旧岁	007	清明	033
小年夜	009	春畦	035
除夕	011	立夏	037
除夕	013	冬祭夏祀	039
元旦	015	端午	041
元日	017	端午节	043
闹元宵	019	闹龙舟	045
上元节	021	乞巧节	047
元宵	023	乞巧	049
元宵	025	乞巧	051

七夕	053	中秋	059
乞巧节、中元节	055	天灸中秋	061
中秋节	057	斗蟋蟀、重阳登高	063

民俗乡风

鳌山	065	秦山游	095
送子观音	067	春台戏	097
赛社	069	唱杨花、演走索	099
夜龙船	071	赏菜花	101
浴佛节	073	村味鲜	103
发黄梅	075	秦山山市（一）	105
发黄霉	077	秦山山市（二）	107
江村秋祭	079	秦山山市（三）	109
迎神报赛	081	烟火、灯棚	111
请佛	083	放纸鸢	113
开稻园	085	贩果桄	115
跳灶王	087	夜来香	117
祈雨	089	约小姑	119
礼金仙	091	斗蟋蟀、斗鹌鹑	121
阳春游山	093	斗蟋蟀、斗鹌鹑	123

夜渔	125	踏水车	133
操丝网	127	龙取水	135
犁耙出	129	风潮	137
捻春泥	131	望新潮	139

风土风物

吴越界	141	采菱歌	169
留溪胜状	143	田山歌	171
亭林湖	145	童子曲	173
赤松溪	147	棹歌	175
山塘水色	149	饭台	177
泖水风情	151	酿村醪	179
瓜蔓水	153	雨前茶	181
东西胜港	155	焙茶	183
田家栅	157	茶与丝	185
严冬村野	159	尤家锭	187
荡莲泾	161	女红	189
张泾、沈泾	163	绷床	191
双桥水	165	履与巾	193
竹枝歌	167	裁杭纺	195

莼鲈思	197	水桥	201
镇星楼	199		

名人故迹

法忍寺匾	203	小兰亭诗社	227
天空阁碑	205	廊下东园、西园	229
野人村	207	临溪书屋	231
甪里村	209	南湖草堂	233
读书墩	211	守山阁	235
相公堂	213	抱瓮居	237
补堂	215	万梅庐	239
山晓阁	217	松韵草堂	241
吴梁宅	219	流憩山庄	243
太仆宅、清风阁	221	顾氏宗祠、义田	245
尚书坟	223	王氏宗祠	247
结诗社	225		

名人珍闻

船子和尚	249	吴骐、萧中素	253
山门会	251	张隐士	255

沈朗乾	257	钱小洲、黄秋士	279
沈映晖	259	尹蓬头	281
四高峰	261	焦南浦	283
赵金简、管世昌	263	朱二垞	285
翰墨芬	265	曹介人	287
吴冷轩、杨铁斋	267	谢氏琴箫	289
陈光禄	269	谢家诗	291
王氏昆季	271	九老图	293
杨给谏	273	姚廊	295
宋茂庭	275	孙畹兰	297
程南村	277	毕宜人	299

作者简介汇录

时令节俗

贺 岁

(清) 陈金浩

淡红帖子①贺乡闾,岳庙排场听说书。
归去邻家吃年酒②,春盘③只剩段头鱼。

作者原注　贺岁分投名帖。乡里邀饮,留鱼不食,云俟后客,亦是旧俗。

说 明

此首记咏乡间贺岁民俗。

注 释

① 帖子：贺年的名帖。古代有投名帖贺年之风，主人在门上贴上一个红纸袋，上书主人姓氏，名为"名簿"，用于接纳亲友所投名帖。乡间（lú）：古以二十五家为间，一万二千五百家为乡，因以"乡间"泛指民众聚居之处。

② 年酒：亲友相招共贺新年的酒宴。

③ 春盘：旧俗元日、立春日以葱、蒜、韭、蓼蒿、芥等辛嫩之物，杂而食之，取迎春之意。南朝梁代宗懔《荆楚岁时记》记载："正月一日……长幼悉正衣冠，以次拜贺，进椒柏酒，饮桃汤，进屠苏酒、胶牙饧，下五辛盘。"段头鱼：鱼段，吴语称"段"为"段头"。

今 译

家家户户门上都挂着贺岁的名帖，男女老少聚集在岳飞庙前听着艺人说书。邻居已经准备了一桌的美酒佳肴，盘中剩下的鱼段寓意年年有余。

（倪春军　注译）

闹 新 年

(清) 陈 祁

锣鼓时兴杂管弦①,玉虚观②里闹新年。
鲜衣③花貌佳儿女,争买泥孩列绮筵④。

作者原注　里中新年,丝弦、锣鼓最有名。玉虚观,俗名"圣堂",明宣德初重建,观前新年多卖泥孩等玩物。

说 明

此首写旧时枫泾地区大人小孩上街逛庙会、闹新年的鲜活情景。三、四句情景俱在，甚是动人。

注 释

① 管弦：管乐器与弦乐器，亦泛指乐器或管弦乐。《淮南子·原道训》："夫建钟鼓，列管弦。"唐白居易《琵琶行》："主人下马客在船，举酒欲饮无管弦。"

② 玉虚观：道观名。建于元代，位于枫泾界河南岸，初名真武祠，明太祖朱元璋赐名玉虚观，枫泾人称圣堂。玉虚：指仙宫，道教称玉帝的居处。喻洁净超凡的境界。

③ 鲜衣：美服的意思。唐戴孚《广异记·汝阴人》："汝阴男子姓许，少孤，为人白皙，有姿调，好鲜衣良马，游骋无度。"明冯梦龙《警世通言》卷十七："德称此时虽然借寓僧房，图书满案，鲜衣美食，已不似在先了。"

④ 绮筵（qǐ yán）：华丽丰盛的筵席。唐陈子昂《春夜别友人》之一："银烛吐青烟，金樽对绮筵。"宋李清照《庆清朝慢》："绮筵散日，谁人可继芳尘？"

今 译

锣鼓声夹杂着江南丝竹时时响起，玉虚观里人头攒动，人们正闹新年。穿着美丽衣裳正花样年华的孩子，争着买来泥娃娃排列在丰盛的筵席上。

（张锦华　注译）

过新年

(清）沈蓉城

人事新年日日增，致和桥侧见欢腾。
贫儿①偏好牧猪戏②，稚子常提走马灯③。

| 作者原注 | 致和桥，俗称"圣堂桥"。陶侃谓插蒲为牧猪奴戏。新正时，里中无赖，辄聚于圣堂殿庭，旋骰掷色，不一而足。圣堂，玉虚观之俗称也。 |

> 说 明

此首介绍过新年家家户户、老老小小各自的娱乐活动。

> 注 释

① 贫儿：穷人，此处用作蔑称。

② 牧猪戏：是对赌博的鄙称。《晋书·陶侃传》："樗蒲者，牧猪奴戏耳！"

③ 走马灯：古称蟠螭灯（秦汉）、转鹭灯（唐）、马骑灯（宋），汉族特色工艺品，亦是传统节日玩具之一，属于灯笼的一种。常见于元夕、元宵、中秋等节日。其轮轴上有剪纸，烛光将剪纸的影投射在屏上，绘有图像的外罩遂不断转动。图像多为古代武将骑马，而灯转动时看起来似有多人追逐，故名走马灯。

> 今 译

过年了人们的事务一天天的增加，致和桥那里只见一片欢腾。没钱的穷人偏好牧猪戏试试手气，小孩子们则喜爱玩走马灯游戏。

（姚金龙　注译）

辞旧岁

(清) 沈蓉城

安排度岁①为糊窗,好语门联换必双。
回候航船太平里,万年红纸②带松江。

作者原注 | 太平里,航船停泊之处。

说 明

此首介绍枫泾一带家家户户过年糊窗户、贴春联等习俗。

注 释

① 度岁：过年。

② 万年红纸：明清两代的一种纸名，为广东南海民间工匠所发明。它的本纸为竹纸，多数是在白纸的基础上染上颜色而成的一种橘红颜色的纸。

今 译

快过年时提早安排糊窗户，必须换上寓意好的新春联。回乡过年的航船停在太平里，将松江的万年红纸带回老家枫泾。

（姚金龙 注译）

小 年 夜

(清)沈蓉城

时值残冬又下旬,小除夕至拟更新。
市河约有千家聚,共作圆团①送灶神②。

作者原注 | 十二月廿四日,俗称"小年夜"。

> 说 明

此首介绍枫泾地区小年夜送灶神的习俗。

> 注 释

① 圆团：即汤圆，枫泾本地的土话。
② 灶神：俗称"灶君"，或称"灶王爷"，旧俗供于灶上的神。

> 今 译

时间已到寒冬末尾，小年夜到了开启迎新年活动。市河两岸千百家纷纷团聚，共同做汤圆来供奉灶神。

（姚金龙　注译）

除 夕①

（清）陈　祁

压岁②辞年总世情，中堂供影荐香粳。
宵来家宴团圞③坐，红烛高烧直到明。

作者原注　俗除夕，长者赐银钱曰"压岁"，拜长者曰"辞年"，祭祀挂先人像曰"供影"，点彻烛至明不睡曰"守岁"。

> 说 明

此首写旧时枫泾地区人们除夕辞年守岁的习俗。

> 注 释

① 除夕：岁末最后一天夜晚。岁末最后一天称作"岁除"，意为旧岁至此而除，另换新岁。除，去除；夕，夜晚。"除夕"即岁除之夜，又叫大年夜、除夕夜、除夜等。

② 压岁：压岁又称压祟，中国年俗，寓意辟邪驱鬼，保佑平安。压岁钱又称压胜钱、押岁钱等，为年俗节物之一，寄托劳动人民祛邪、避灾、祈福的美好愿望。

③ 团圞（luán）：团聚。唐杜荀鹤《乱后山中作》："兄弟团圞乐，羁孤远近归。"明冯梦龙《山歌·比》："奴愿团圞到白头，不作些时别。"另作环绕貌解。元赵孟頫《题耕织图》："相呼团圞坐，聊慰衰莫齿。"明瞿佑《归田诗话·和狱中诗》："忘怀且共团圞坐，满炷炉香说善因。"

> 今 译

压岁和辞年毕竟是世态人情使然，厅堂供奉着先人像献祭着香米饭。除夕之夜家宴上亲人围坐在一起，条案上红烛高高燃烧着直到天亮。

（张锦华　注译）

除 夕

（清）陈金浩

除日①何曾除旧逋，穷檐②聊复换桃符。
瘦年③不约都从俭，爆竹通宵声有无。

作者原注　｜　城郭近都从俭，度岁亦少繁费，俗谚："肥冬瘦年。"

说 明

此首咏旧时农家节俭过年之情状。

注 释

① 除日：除夕。旧逋：所欠的旧账。

② 穷檐：茅舍，破屋。唐韩愈《孟生》："顾我多慷慨，穷檐时见临。"桃符：古时挂在大门上的两块画着门神或写着门神名字，用于避邪的桃木板。后在其上贴联。宋王安石《元日》："千门万户曈曈日，总把新桃换旧符。"

③ 瘦年：节俭过年。南宋吴地风俗多重冬至而略岁节，冬至时家家互送节物，有"肥冬瘦年"之谚。宋陈元靓编《岁时广记》引《岁时杂记》记载："都城以寒食、冬、正为三大节。自寒食至冬至中无节序，故人间多相问遗。至献节，或财力不及，故谚语云'肥冬瘦年'。"

今 译

除夕日还未还清一年的旧账，破旧的茅舍也贴上了新年的春联。大家都不约而同地节俭过年，通宵的爆竹声时有时无。

（倪春军　注译）

元 旦

(清) 陈 祁

酒斟①利市②拜新正③,响彻开门炮仗声。
柴几④胆瓶清水浸,蜡梅天竺数枝横。

| 作者原注 | 元旦拜年,饮酒曰"利市酒"。早起放爆竹,曰"开门炮仗",听其声以占利钝。 |

说 明

此首写旧时枫泾地区人们饮酒放炮迎接元旦新年的习俗。三、四句颇见画意，清新天然。

注 释

① 斟（zhēn）：往杯子或碗里倒（茶酒）。

② 利市：吉利。如"利市之日""讨个利市"等。

③ 新正：指农历新年正月，或指农历正月初一、元旦。唐白居易《岁假内命酒赠周判官萧协律》："共知欲老流年急，且喜新正假日频。"唐孟浩然《岁除夜会乐成张少府宅》："旧曲梅花唱，新正柏酒樽。"宋周密《武林旧事·元夕》："一入新正，灯火日盛。"宋陆游《壬子除夕》："老逢新正幸强健，却视徂岁何峥嵘。"

④ 棐（fěi）几：用棐木做的几桌、几案。

今 译

酒杯斟满吉利来拜贺元旦新年，开门就听见迎新的炮仗响彻云霄。几桌上的胆瓶浸着清水，几枝蜡梅天竺疏影横斜赏心悦目。

（张锦华　注译）

元 日

(清)王丕曾

宜春①帖子丽春朝,红绿家家儿女娇。

云是驱邪兼改岁②,乒乒爆竹出重霄③。

说 明

此首描绘大年初一,百姓贴春联、点爆竹的热闹氛围,表达百姓祈求一年好光景的美好心愿。

注 释

① 宜春:指旧时春节或立春所剪或书写的字样。唐崔道融《春闺》之二:"欲剪宜春字,春寒入剪刀。"唐苏颋《人日重宴大明宫恩赐彩缕人胜应制》:"初年竞贴宜春胜,长命先浮献寿杯。"

② 改岁:由旧岁进入新年。《诗经·豳风·七月》:"嗟我妇子,曰为改岁。"唐杜甫《赠李十五丈别》:"多病纷倚薄,少留改岁年。"

③ 重霄:天空的极高处。晋阮籍《咏怀》之六十五:"翔风拂重霄,庆云招所晞。"唐刘禹锡《踏潮歌》:"四边无阻音响调,背负元气掀重霄。"

今 译

宜春帖子挂在门上点缀了春天的早晨,家家户户的小儿女穿着花花绿绿的新衣服,更显娇俏可爱。大家都说今天要驱赶年兽,还要迎新年,"乒乒乓乓"的爆竹声直上九重霄。

(杨以豪 注译)

闹 元 宵

(清) 陈金浩

元宵踏月闹春街,同走三桥①笑堕钗。
一路看灯归去晚,却嫌露湿牡丹鞋②。

作者原注 | 元夕小户妇女率率夜游,有"走三桥"之语。

> 说 明

此首描写元宵节观灯夜游风俗。

> 注 释

① 走三桥：元宵夜，妇女结伴出游，必过三桥，可祛病消灾。清潘荣陛《帝京岁时纪胜》记载："元夕，妇女群游，祈免灾咎。前一人持香辟人，曰走百病。凡有桥处，三五相率以过，谓之度厄，俗传曰走桥。"
② 牡丹鞋：绣有牡丹图案的鞋。

> 今 译

妇女们在元宵夜结伴游玩，过桥掉落的发钗引来了欢声笑语。看完一路的彩灯归家已晚，不知不觉露水打湿了绣花小鞋。

（倪春军　注译）

上元节

(清)陈 祁

龙灯夭矫①火珠探,走马②回旋罄控谙。
雪炮流星声不断,太平坊里着田蚕③。

作者原注 | 俗上元节演龙灯、走马灯各种极盛。雪炮、流星,皆爆竹之类。乡人以稻草扎高竿,中安花炮,植田间以火烧之,曰"照田蚕",以祈丰年,范石湖有《照田蚕词》,即此。

说 明

此首描写上元佳节观灯赏灯以及燃放烟火爆竹等民俗场景。

注 释

① 天矫:形容姿态的伸展屈曲而有气势。

② 走马:走马灯。磬控:指驰马与控马。《诗经·郑风·大叔于田》:"叔善射忌,又良御忌,抑磬控忌,抑纵送忌。"毛传曰:"骋马曰磬,止马曰控。"谙:熟悉。

③ 着田蚕:在田间燃烧稻草,燃放花炮,祈求丰收。宋范成大《腊月村田乐府十首》其七《照田蚕行》序云:"与烧火盆同日,村落则以秃帚若麻藄竹枝辈燃火炬,缚长竿之杪以照田,烂然遍野,以祈丝谷。"

今 译

挥舞的龙灯曲折蜿蜒,旋转的走马灯忽走忽停。烟花爆竹的声响此起彼伏,太平坊的人们在燃放花炮。

(倪春军　注译)

元 宵

（清）沈蓉城

元宵宴乐兴偏酣，望秀浜东庙港南。
爆竹连声锣鼓闹，高烧柴火庆田蚕①。

作者原注　望秀，俗呼"盂秀"。庙港，地名。范成大有《照田蚕词》，今俗云"烧田财"，盖讹音耳。

> 说 明

此首介绍枫泾镇民在元宵当日宴集过节与烧田财的传统习俗。

> 注 释

① 庆田蚕：又称烧田蚕、照田蚕、烧田财，是流行于江南一带的传统祈年习俗。元宵当天将稻草绑在长竿上面，点火燃烧，并敲锣打鼓，称为"庆田蚕"，今俗云"烧田财"。这种群体性活动，旨在祈求来年稻谷和蚕茧丰收，反映了中国劳动人民朴素的审美情趣和对美好生活的追求。

> 今 译

元宵那天吃饱喝足兴致正浓时，来到望秀浜东、庙港之南的田野中，爆竹声声又锣鼓喧天，点着长竿上绑着的稻草去烧田财。

（姚金龙 注译）

元 宵

(清) 程兼善

爆竹声中看试灯①，平桥曲水鼓咚咚。
抛来桃叶②人如玉，十二阑干③到晓凭。

作者原注　溪上元宵演灯颇盛，入夜笙鼓喧天，远近观者，士女毕集焉。吴江叶舒颖《枫泾即事诗》："檀槽哀怨几黄昏，曲水平桥自掩门。昨夜西风双桨子，却抛桃叶载桃根。"载徐电发《本事诗》。

说 明

此首介绍元宵节夜晚演灯、观灯的习俗。

注 释

① 试灯：即演灯，旧俗农历正月十五日元宵节晚上张灯，以祈丰稔。

② 桃叶：晋王献之爱妾名，借指爱妾或所爱恋的女子。唐皇甫松《江上送别》："隔筵桃叶泣，吹管杏花飘。"宋周邦彦《三部乐·梅雪》："倩谁摘取，寄赠情人桃叶。"

③ 十二阑干：曲曲折折的栏杆。十二，言其曲折之多。

今 译

元宵之夜在爆竹声声中去看演灯，平桥曲水那边敲起锣打起鼓。亭亭玉立的女子正是意中之人，倚着栏杆痴痴望着她一直到天亮。

（姚金龙　注译）

江南春

(清)王顼龄

红花猎猎①菜花黄,正是江南春昼长。
燕子双双莺作队,相邀女伴去烧香。

说明

此首描绘江南春日生机盎然之景致，兼及春分敬香之风俗。

注释

① 猎猎：同"烈烈"，鲜明灿烂貌。魏曹植《弃妇诗》："丹华灼烈烈，璀彩有光荣。"

今译

红色的鲜花、黄色的菜花开得正热烈，恰是江南水乡的好春日。莺莺燕燕成群结队，姑娘们也相邀同去敬香礼佛。

（刘伟　注译）

清 明

(清)陈 祁

白粽青团尽上坟,大云寺①外水泛泛。
十年树木经春雨,百亩栽桑映夕曛②。

作者原注　清明扫墓,俗名上坟,以角黍、青团分给坟邻,托其照看。余祖父坟在大云寺西,地多种桑树。

> 说 明

此首咏清明节候及扫墓风俗。

> 注 释

① 大云寺：北宋乾德二年（964）所建，原名净众寺，在嘉善境内。《（光绪）嘉兴府志》记载："大云寺，在县东南一十八里，旧名净众。宋乾德二年李德荣舍宅为大圣寺，治平二年改今名。"汜汜：形容水流汹涌。唐韩愈《条山苍》："浪波汜汜去，松柏在山冈。"

② 夕曛：黄昏时落日的余晖。南朝宋谢灵运《晚出西射堂》："晓霜枫叶丹，夕曛岚气阴。"

> 今 译

带上粽子和青团去祭扫先坟，大云寺边的河水汹涌湍急。十年的树木沐浴着绵绵春雨，百亩的桑田掩映着落日余晖。

（倪春军　注译）

清 明

（清）程兼善

岁岁清明上冢①忙，峨嵋庵外柳丝黄。
画桡②放遍溪前后，不共姑嫜③便共郎。

作者原注　｜　峨嵋庵在溪东，明季诗僧峨云募建，今废。

说 明

此首介绍枫泾镇民清明节上坟扫墓的习俗。

注 释

① 上冢（zhǒng）：上坟。

② 画桡：指有画饰的船桨，唐方干《采莲》："指剥春葱腕似雪，画桡轻拨蒲根月。"

③ 姑嫜（zhāng）：指丈夫的母亲与父亲，即公公、婆婆。唐杜甫《新婚别》："妾身未分明，何以拜姑嫜。"

今 译

每年清明节家家都忙着去上坟扫墓，峨嵋庵外的柳丝泛着鹅黄的柳芽。画饰精美的小船遍布枫溪前后，不是与公婆一起去就是与丈夫一起去。

（姚金龙　注译）

清　明

（近代）高　燮

清明时节柳丝①肥，万古松楸②带夕晖。
一折清流宜稼漾，年年坟上纸钱飞。

| 作者原注 | 先考秦丽公墓在宜稼漾，吾乡称水清而成渠者曰漾。 |

说 明

此首写诗人在清明时节祭奠缅怀先父,抒发伤怀之情,凄凄切切。

注 释

① 柳丝:指垂柳细长的枝条,意有依依挽留之情。唐白居易《杨柳枝词八首》之一:"柳丝挽断肠牵断,彼此应无续得期。"

② 松楸:松树与楸树。墓地多植,因以代称坟墓,亦特指父母坟茔。唐韩愈《赴江陵》:"深思罢官去,毕命依松楸。"

今 译

又到了清明时节,柳枝依依,丝绦渐肥,万古的松楸伴着坟茔带着夕阳的余晖。一条曲折清澈的小溪穿过宜稼漾,每年此时先父坟头上纸钱纷飞。

(费明 注译)

春 畦

(清)陈 祁

麦苗豆荚遍春畦①,着屐②寻芳西江西。
布谷③声中膏④雨足,农田到处滑香泥。

说 明

此首写水乡枫泾谷雨时节雨水丰沛、作物繁茂的景象，词清句丽，清新入画。

注 释

① 畦（qí），田园中分成的小区，畦田、菜畦。古代称田五十亩为一畦。《孟子》中有"病于夏畦"。汉刘熙注："今俗以二十五亩为小畦，五十亩为大畦。"

② 屐（jī）：用木头做鞋底的鞋，泛指鞋。汉刘熙《释名·释衣服》："屐，搘也。为两足搘，以践泥也。"汇：水流会合处，如徐家汇。西汇：地名。

③ 布谷，即大杜鹃，为鹃形目杜鹃科杜鹃属迁徙鸟类。因繁殖期常昼夜反复鸣叫，声似"布谷"，故被叫作"布谷鸟"。

④ 膏：肥沃。《说文解字》："膏，肥也。从肉、高声。"

今 译

春天的田畦里麦苗豆荚一派繁茂，脚着木屐踏青寻芳到了西汇之西。只听见声声布谷雨水肥沃又丰足，农田里处处流溢泥土醉人的芳香。

（张锦华　注译）

立 夏①

（清）陈　祁

酴醾②花了报春残，消瘦愁从秤上看。
妾饱樱桃③中自热，郎拈梅子味偏酸。

| 作者原注 | 俗于立夏日食樱桃、梅子诸物，秤人轻重，以较一年肥瘦。 |

> 说 明

此首写枫泾地区人们立夏之日食樱桃、梅子，秤人轻重等习俗，富有生活情趣。

> 注 释

① 立夏：二十四节气中第七个节气，夏季的第一个节气，交节时间为每年公历5月5日至7日。立，建立、开始。夏，古语有"大"的意思。万物至此开始长大，故名立夏。江浙一带有"立夏尝新"之俗。"三新"即新熟的樱桃、青梅和麦子。

② 酴醾（tú mí）：亦作"酴釄""酴醿"，落叶或半常绿蔓生小灌木。花色似酒，故从酉部以为花名。《群芳谱》："色黄如酒，固加酉字作'酴醿'。"

③ 樱桃：古名莺桃，又称含桃。《本草纲目》："其颖如璎珠，故谓之樱，而许慎作莺桃，云莺所含食，故又曰含桃，亦通。"味甘性温，有药用价值。

> 今 译

酴醾花开尽春天也就残剩无几了，人们担心从秤上看到自己的消瘦。女子饱食樱桃自然感觉肺腑温热，男子拿梅子来尝味道却还有点酸。

（张锦华　注译）

冬祭夏祀

（清）陈金浩

贺岁从来不贺冬，家家夜祭荐①新春。
颇思夏至茭芦②粽，箬③里香菰到口松。

| 作者原注 | 俗不贺冬，祭皆在至前一夕。夏至以茭箬粽祀先。 |

> 说 明

此首咏冬至、夏至祭祖风俗。

> 注 释

① 荐:祭献。
② 茭芦:茭白。
③ 箬:包粽子的箬叶。菰:茭白的种子,可作粮食食用。

> 今 译

贺岁都不会选择在冬至这一天,家家户户都在冬至前一夜祭献迎春。非常想念夏至时祭祖的粽子,清香的箬叶包裹着软糯的菰米。

(倪春军 注译)

端　午

（清）陈　祁

菰①秧裹粽绿云堆，蒜梗②编符白纻裁。
最爱荷囊③容半黍，雄黄④分饷⑤午时杯。

作者原注　俗端午以菰叶裹粽，蒜梗编符，制小荷囊，贮雄黄，互相馈遗，于午时饮酒曰"吃午时"。

说 明

此首写旧时枫泾地区端午裹粽子、饮雄黄酒等习俗。旧时风俗，一派祥和。

注 释

① 茭：即茭白，古亦称"菰"。其叶狭长柔韧，可用以裹粽。

② 蒜梗：大蒜的花茎。符：护身符。

③ 荷囊：古时衣服无衣袋，随身之物如印章、锁钥、钱币、书籍、食物或香草等，多贮于囊，佩于腰，谓之"佩囊"，又称"荷囊"。黍：谷物之一，富含淀粉，可食用或酿酒。半黍，言其少小。

④ 雄黄：中药名。有解毒杀虫、燥湿祛痰、截疟之功效。泡制白酒或黄酒，作为传统节日端午饮品在长江流域盛行。午时：十二时辰之一，对应现代时间的11时正至13时正。宋苏舜钦《紫阁寺联句诗》："日光平午见，雾气半天蒸。"

⑤ 分饷：分享。宋陆游《寄成都籧道人》："灵剂何必多，分饷一黍足。"

今 译

用茭白叶裹的粽子像绿色的云堆，蒜梗编成的护身符如白纻裁成。最爱的荷囊仅容得下一点点雄黄，足以与友人在午时饮酒时分享。

（张锦华 注译）

端午节

(清)黄 霆

门符①高贴届端阳,艾酒②蒲觞醉一场。
闲索健人③簪髻上,戏将郎④额抹雄黄。

作者原注 ｜ 端午节贴门符,缚艾人,浮菖蒲酒,小儿以雄黄抹额,皆云辟邪。妇女制彩绘为人形,簪髻上,名"健人扶"。

说 明

此首咏端午习俗。

注 释

① 门符：门联。届：到。

② 艾酒：端午节采艾叶浸酒，可以驱邪。蒲觞：菖蒲酒，可以祛瘟疫。

③ 健人：妇女用彩绸制成的小人，寓意健康美好。

④ 郎：儿童。

今 译

端午时节门上贴满了节日的对联，艾叶和菖蒲美酒令人一醉方休。妇女把丝绸制成的小人插在发髻，小孩则把雄黄酒涂在额前。

（倪春军　注译）

闹 龙 舟

(清) 陈 祁

晴湖四月闹龙舟,画桨①如云棹碧流。
日暮杜湾传蜡烛,波光灯影彻宵浮。

作者原注	俗龙舟多以四月,而夜龙舟尤胜。杜湾,地名。

说 明

此首咏枫泾地区四月夜闹龙舟之民俗。

注 释

① 画桨：绘有图案的船桨。宋陆游《席上作》："绿波画桨浣花船，清箪疏帘角黍筵。"如云：形容盛多。碧流：绿水。宋苏轼《次韵曹子方运判雪中同游西湖》："云山已作歌眉浅，山下碧流清似眼。"

今 译

夜晚的湖面正在举行龙舟比赛，美丽的船桨在绿波中划动。点燃的蜡烛在暮色中互相传递，昏暗的灯光在水面上时隐时现。

（倪春军　注译）

乞巧节

(清) 沈蓉城

红楼乞巧①记穿针，常望仙人此夕临。
篱豆②数根裙带样，与郎剪取结同心。

| 作者原注 | 仙人巷在太平里。豇豆，一种笑长者，俗称"裙带豆"。 |

说 明

此首以女子口吻介绍七夕节俗与时令风物。

注 释

① 乞巧：汉族的传统节日，又称"乞巧节""七夕节""七巧节"或"七姐诞"。古代女子每逢七姐诞，都会向七姐献祭，祈求自己能够像织女一样心灵手巧。农历七月七日夜（或七月六日夜），穿着新衣的少女们在庭院向织女星乞求智巧，称为"乞巧"。乞巧的方式大多是姑娘们穿针引线验巧，做些小物品赛巧，摆上些瓜果乞巧，各地汉族民间的乞巧方式不尽相同，各有趣味。近代的穿针引线、蒸巧馍馍、烙巧果子、生巧芽以及用面塑、剪纸、彩绣等形式做成的装饰品等亦是乞巧风俗的延伸。

② 篱豆：篱笆豆学名扁豆，属多年生缠绕藤本植物。

今 译

到红楼向织女祈求穿针引线的巧技，期望仙人今晚能降临。两根长豇豆是裙带的样子，与郎君剪取以表永结同心。

（姚金龙　注译）

乞 巧

(清)陈金浩

江介①砧声夜寂然,绣针不待倚楼穿。
谁家肯乞天孙②巧,随手拈来③巧已传。

| 作者原注 | 穿针乞巧,久无此俗,唯剪面作饵,名之曰巧。 |

说 明

此首咏民间七夕乞巧风俗。

注 释

① 江介：江岸。《楚辞·九章·哀郢》："哀州土之平乐兮，悲江介之遗风。"砧（zhēn）：捣衣石。

② 天孙：织女星。唐唐彦谦《七夕》："而予愿乞天孙巧，五色纫针补兖衣。"

③ 随手拈来：这里指剪面作饵。

今 译

夜色中传来江边的阵阵捣衣声，藏在匣中的绣针也没有人拿来穿线。家家户户都在七夕节向双星乞巧，她们随手剪出面饵，完成乞巧的心愿。

（倪春军　注译）

乞 巧

（清）丁宜福

乞巧筵开露满庭，夜深还是拜双星[①]。
侍儿[②]生怕秋风冷，半臂[③]初裁雪里青。

作者原注	七夕妇女设瓜果于其亭，作乞巧会。雪里青，布名，青经白纬，颇为时尚，作单衣尤宜。

说明

　　此首以华艳的风格，描述贵族妇女于七夕节之夜拜星乞巧的情景。

注 释

　　① 拜双星：拜牵牛星和织女星，又称为拜银河。
　　② 侍儿：侍女、女婢。旧时有钱人家使唤的年轻妇女。
　　③ 半臂：半臂短袖或无袖上衣。宋邵博《闻见后录》卷二十："李文伸言东坡自海外归毗陵，病暑，着小冠，披半臂，坐船中。"

今 译

　　七夕之夜在庭院里开宴，露水开始降落了。虽然夜深了，贵族妇女们虔诚地拜着织女星与牵牛星。使女们生怕秋风冷着了主人，赶忙给她们披上新做的短袖雪里青衫子。

（姚金龙　注译）

七 夕

（清）黄 霆

西湖游女飐^①微风，翘首银河驾彩虹。
小立不知秋露冷，鹅毛扇底湿红绒^②。

| 作者原注 | 七夕，士女嬉游，为"乞巧会"。按：近时妇女多用鹅毛扇。 |

说 明

此首咏七夕节仕女于湖边夜游之场景。

注 释

① 飏（yáng）：同"扬"。
② 红绒：刺绣用的红色丝线。

今 译

一群女子乘着微风在湖边游玩，抬头望见天边的银河彩虹。站到夜里也不觉天气渐冷，露水却已湿润了扇底的红线。

（倪春军　注译）

乞巧节、中元节[1]

(清)陈 祁

乞巧穿针[2]旧俗仍,鹅黄油馓[3]水红菱。
中元多设盂兰会[4],月晦[5]偏明大地灯。

| 作者原注 | 七月七日,人家以面作巧果油煎,曰"馓子"。中元节有盂兰盆会。七月晦沿街点灯,曰"点地灯"。 |

> 说 明

此首写枫泾地区人们过乞巧节、中元节的风俗和风物。

> 注 释

① 中元节：民间俗称为七月半，佛教则称为盂兰盆节。节日习俗主要有祭祖、放河灯、祀亡魂、焚纸锭、祭祀土地等，是追怀先人的一种文化传统节日，其文化核心是敬祖尽孝。

② 穿针：旧时风俗，农历七月七日夜，女子在庭院里穿针引线，向织女星乞求智巧。

③ 馓（sǎn）：一种面食。把面条扭成花样再用油炸熟。

④ 盂兰盆会：农历七月十五，佛教指在盂兰节所举行的法会，称"盂兰盆会"或"盂兰盆斋"。

⑤ 晦：农历每月的最后一天。

> 今 译

乞巧节穿针引线的旧俗仍在延续，鹅黄的油馓子和水红的菱角多诱人。中元节照例多半会举办盂兰盆会，每月最后一天总要点亮大地之灯。

（张锦华　注译）

中秋节

(清)陈 祁

踏遍街头明月光,露台归去爇①名香。
夜深不觉金风②冷,丹桂飘来满绮③裳。

| 作者原注 | 中秋妇女踏月,烧夜香于屋上,搭木为台,曰"露台"。 |

> 说　明

此首写中秋佳节枫泾地区妇女们街头踏月、露台焚香的美好生活场景。此诗风情旖旎。

> 注　释

① 爇（ruò）：焚烧。

② 金风：秋风。《文选·张协》："金风扇素节，丹霞启阴期。"李善注："西方为秋而主金，故秋风曰金风也。"唐李白《酬张卿夜宿南陵见赠》："当君相思夜，火落金风高。"宋秦观《鹊桥仙·纤云弄巧》："金风玉露一相逢，便胜却、人间无数。"

③ 绮：有花纹的丝织品。引申为艳丽，美妙等。绮裳：绮丽的衣裳。

> 今　译

中秋之夜女子们踏遍街头明月，回到家中又在露台上燃起熏香。夜深了秋风瑟瑟居然丝毫不觉，丹桂飘香袭染她们绮丽的衣裳。

（张锦华　注译）

中　秋

（清）程兼善

节届^①中秋月满帘，庭前团坐^②更无嫌。
昨宵新制焚香斗^③，檀屑装成洗手拈。

| 作者原注 | 里人于中秋节制香为斗，至晚焚之，名"点香斗"。 |

说 明

此首介绍中秋佳节金山地区百姓点香斗的节俗。

注 释

① 届：到（某个时点）。月满帘：月色铺满窗帘，意境极美。元郭钰《赠卖卜雁明信》："闻君讲易长无倦，客散中庭月满帘。"

② 团坐：围坐。宋陆游《小集》："儿曹娱老子，团坐说丰穰。"

③ 香斗：纸扎而成，形状四方，上大下小，大的四周各宽有两尺多，四周糊以纱绢，绘有月宫等图案，斗中插有纸扎的龙门魁星等。焚香斗，有为家人科举夺魁祈福之意。

今 译

适逢中秋佳节，月光洒满窗帘，一家人围坐在厅堂前也无妨。拿出昨夜新做好的一个香斗，将檀木屑装好，洗手准备点香。

（费明 注译）

天灸中秋

(清)黄 霆

初交白露①气微凉,点额风吹古墨香。
待得沙冈②新稻熟,满盘月饼已先尝。

作者原注 　八月朔,收露水磨墨点额,谓之"天灸"。中秋,食月饼。沙冈,古三冈之一。

说 明

此首咏中秋天炙之节俗。

注 释

① 白露：秋天的露水。
② 沙冈：华亭境内之山岗。宋许尚《华亭百咏·沙冈》："千里平沙地，联通江海湄。谩传因激浪，疑是蚌成基。"

今 译

白露初降、天气微凉的初秋时节，用露水研墨点在额头。等到沙冈稻熟的时候，就能品尝中秋的月饼了。

（倪春军　注译）

斗蟋蟀、重阳登高[①]

(清)陈 祁

汾湖[②]载酒擘霜螯,蟋蟀[③]金盆秋兴豪。
黄雀正肥红稻绽,横云山[④]上快登高。

作者原注	汾湖在里西,产大蟹。俗秋时竞养蟋蟀斗胜,曰"秋兴"。又于九日至横云山登高。凡谓饱满曰"绽"。

说 明

此首写旧时枫泾地区人士重阳日登高、品蟹、斗蟋蟀等所谓"秋兴"之事。

注 释

① 重阳登高：农历九月九日为重阳节。古代视九为阳数，农历九月九，两阳相重，双九相叠，故名"重阳"，又名"重九"。曹丕《九月与钟繇书》："岁往月来，忽复九月九日。九为阳数，而日月并应，俗嘉其名，以为宜与长久，故以享宴高会。"

② 汾湖：位于江苏吴江和浙江嘉善交界，古称分湖，传说是春秋战国时吴越界湖，故名。原注所谓"里西"，即枫泾之西。擘（bāi），同"掰"，用手把东西分开或折断。另音bò，大拇指。霜螯，蟹到霜降时才肥美，故称。

③ 蟋蟀：指斗蟋蟀，中国民间搏戏之一，亦称"秋兴""斗促织""斗蛐蛐"。始于唐代，盛行于宋代。

④ 横云山：在今松江境内，位于松江城西北，机山之南。因山势作东北—西南向横卧，本名横山。为纪念西晋著名文学家陆机之弟陆云，唐天宝六年（747）改名横云山。

今 译

在汾湖携酒畅饮，手掰肥美蟹螯，用金盆斗蟋蟀秋兴正豪。正是黄雀肥壮红稻饱满的好时节，何不上横云山畅快地望远登高。

（张锦华　注译）

> 民俗乡风

鳌 山

（清）陈 祁

故事鳌山①远近夸，明珠十斛②斗奢华。
神奇只赛文心巧，不惜③金钱一霎花。

作者原注：鳌山，高三四丈，以铁为杆，饰以五彩，作云物状，小儿三四人，衣冠缀珠玉珍宝，扮故事立其上，延文人构思，不露痕迹，奇巧绝伦，斗富夸靡，费辄不赀。

说 明

此首咏正月民间观赏鳌山故事之习俗。

注 释

① 鳌山：各种彩灯组合而成的灯山，上面绘有故事。宋孟元老《东京梦华录》记载："至正月七日，人使朝辞出门，灯山上彩，金碧相射，锦绣交辉。面北悉以彩结，山沓上皆画神仙故事。"

② 十斛：十斗为一斛，这里是重金的意思。

③ 不惜：不吝惜。

今 译

灯山上的故事远近驰名，人物的装饰富丽堂皇。鳌山的表演争奇斗巧，大家毫不在乎金钱的挥霍。

（倪春军　注译）

送子观音①

(清) 陈 祁

观音送子认尼庵,士女烧香二月谙②。
何事扁舟航海去,普陀岩下更祈③男。

作者原注　里中尼庵多供送子观音像,二月十九日圣诞烧香者甚众,亦有赴南海普陀岩进香者。

说 明

此首介绍人们于二月十九观音菩萨圣诞日当天，拜送子观音求子祈福的情景。

注 释

① 送子观音：俗称"子孙娘娘""催生娘娘""授儿娘娘""奶母娘娘"等，汉族民间信仰的神祇。民间以为送子观音可保佑人们生子有嗣，并能庇人产儿、育儿顺利无灾。

② 谙（ān）：熟悉；懂得。

③ 祈（qí）男：祈求产男婴。

今 译

里中尼庵供奉着送子观音像，妇女们在二月十九日那天前来烧香祈福。更有舍近求远者，乘舟出海前往普陀山，去祈求好运生下男婴。

（姚金龙　注译）

赛 社

（清）程兼善

年年赛社①乐升平②，下马筵开趁夏晴。
村女如云归去晚，龙舟不出慢舟城。

作者原注　溪南显灵侯庙，每岁于四月四日赛社，里人设筵迎神，曰"下马饭"，兼有龙船，旌旗夺目，笙鼓喧天，向为一乡胜事。慢舟城，俗呼"满洲城"，溪南地名。

说明

此首介绍四月四日里人在溪南显灵侯庙赛社的习俗及热闹的状况。

注释

① 赛社：赛，本义是祭祀酬报神恩，又指相互对抗、较量以确定谁输谁赢。"社"原指土地神灵，举行赛社的目的就是报答神灵的护佑，赛社是一种古代的祭祀活动。宋刘克庄《喜雨二首柬张使君又和》："林深隐隐闻箫鼓，知是田家赛社还。"其中的"赛社"即指此俗。

② 升平：意思是太平。《汉书·梅福传》："使孝武帝听用其计，升平可致。"颜师古注引张晏曰："民有三年之储曰升平。"

今译

年年显灵侯庙赛社祈求太平，趁着夏雨初晴里人设筵迎神。村姑云集看热闹回家很晚了，龙舟停泊不会驶出满洲城。

（姚金龙　注译）

夜 龙 船

（清）沈蓉城

灵侯社会赛丰年，下马筵开四月天。

丝管①暂停灯又续，星桥夜看夜龙船。

作者原注　镇南城隍显灵侯，例于四月四日迎神，里人设筵，曰"下马饭"，兼有龙船，至夜尤胜。德星桥，俗称"星桥"。

说 明

此首介绍镇南城隍庙四月四日迎神盛况。

注 释

① 丝管：弦乐器与管乐器，亦借指音乐。唐杜甫《赠花卿》："锦城丝管日纷纷，半入江风半入云。"

今 译

灵侯社的庙会迎神祈求丰收年，四月四日那天乡里人设下马饭筵席。吹拉弹唱傍晚刚刚结束，灯火点亮庙会继续，在德星桥那里看游夜龙船。

（姚金龙　注译）

浴 佛 节

（清）黄 霆

杨花落尽细林山①，炎气初蒸落照湾②。
笑说释迦生降日③，更无汤饼④送人间。

作者原注　细林山，一名神山。落照湾在朱泾。四月初八日为释迦生日，各寺皆设供浴佛。

说 明

此首咏浴佛节之风俗。

注 释

① 细林山：传说中的神山，在松江境内。宋王象之《舆地纪胜》记载："（细林山）在华亭西北十八里，本名神山。唐天宝六年改名。"

② 落照湾：落日夕照的水湾，在朱泾大㳇和长㳇交界处。明《（正德）松江府志》记载："朱泾（一名古泾）自秀州塘分支贯市桥，东流绝驱塘。至张泾东为横泾。又东为荡泾，当市桥回折处曰落照湾（俗呼赤日湾）。"

③ 生降日：指佛祖的生日。

④ 汤饼：古代指面条，这里泛指寺院施舍的斋饭。

今 译

细林山上的杨花落英缤纷，落照湾上升腾起炎炎热气。大家都在庆祝佛祖的生日，但还没有分到寺庙施舍的斋饭。

（倪春军　注译）

发 黄 梅

(清)沈蓉城

梅雨频连时雨催,家家具饭①发黄梅②。
种秧了毕酬神③急,作社金山庙里来。

作者原注 | 农人种秧日发黄梅。金山古庙,在镇东。

> 说 明

此首介绍枫泾农人于种秧日祈求丰收的习俗。

> 注 释

① 具饭：准备好饭菜，招待帮工。

② 发黄梅：农民称插秧为"种秧"。插秧第一天，称"开秧门"，亦称"发黄梅"。农民对请来的帮工和邀来的伴工极为热情，必以"八样头"（八样菜）及烟酒相待。

③ 酬神：祭谢神灵。

> 今 译

梅雨季节接二连三下着蒙蒙细雨，田主家家准备上等饭菜"开秧门"。种秧完毕了赶忙去酬谢神灵，做社祭神的人们到镇东的金山庙里去。

（姚金龙　注译）

发 黄 霉

(清) 程兼善

黄霉时节①雨霏霏②,饼饵③咸酸④可疗饥。
不是乡村风俗古,闲人四月本来稀。

| 作者原注 | 田家始插秧日,以酒肴饷田工,名"发黄霉"。乡人唤肴馔曰"咸酸"。 |

说 明

此首介绍插秧日田主人款待田工祈求丰收的习俗。

注 释

① 黄霉时节：农历五月、阳历六月下旬的夏初，对这一时期还有着"梅雨时节"的说法。因为江南地区此时大多处于阴雨绵绵的状态，而物品受潮易发霉，故云。

② 霏霏：雨雪烟云盛密的样子。唐韦庄《台城》："江雨霏霏江草齐，六朝如梦鸟空啼。"

③ 饼饵：用面或米制成的食物，饼类食物的总称。

④ 咸酸：指农家菜肴，即土菜，乡人俗称"咸酸"。

今 译

黄梅时节阴雨绵绵不断，田主人准备各种菜点给田工们果腹。不是乡村"发黄霉"习俗古老，四月没有闲人找帮工也难，更要厚待！

（姚金龙　注译）

江村秋祭

（清）陈金浩

江村社鼓①响咚咚，秋赛②潮神曲未终。
漫说③稻田曾化蟹，神鸦④飞舞啄蝗虫。

作者原注　农人八月十八日，祭刘猛将，以神司蝗蝻，故在祀典。蝗种化蟹食稻，载府志。

说 明

此首咏农历八月十八日民间祭祀潮神伍子胥和驱蝗神刘猛将之风俗。

注 释

① 社鼓：祭神时所奏的鼓乐。咚咚：象声词，形容鼓声震天。

② 秋赛：秋日酬神的祭祀活动。潮神：东汉时流传伍子胥冤魂驱水为涛的故事，民间为之立庙祭祀。汉王充《论衡》记载："今时会稽、丹徒大江、钱塘浙江，皆立子胥之庙，盖欲慰其恨心，止其猛涛也。"

③ 漫说：不要说。化蟹：指蝗虫变化成蟹，破坏稻田。

④ 神鸦：在庙里吃祭品的乌鸦。宋辛弃疾《永遇乐·京口北固亭怀古》："可堪回首，佛狸祠下，一片神鸦社鼓。"

今 译

村边社祭的鼓乐响彻云天，祭祀潮神的乐曲余音未绝。不必担心田里的蝗虫会化作螃蟹，飞舞的神鸦正在捕捉蝗虫。

（倪春军　注译）

迎神报赛

(清)程兼善

香粳①熟后共迎神,社舞村歌②历几旬。
最是丹青③装点好,金山庙④貌一番新。

作者原注　乡人于收稻后迎神报赛,名作社。金山庙在溪东,祀汉博陆侯。

> 说 明

此首描绘秋收之后，人们迎神报赛、载歌载舞的风俗场景。

> 注 释

① 香粳（jīng）：粳稻，稻的一种，江南地区广泛种植。神：金山大王，汉博陆侯霍光，金山、嘉兴一带之地方守护神。

② 社舞村歌：人们迎神出庙时，所用仪仗、鼓乐、歌舞、杂戏等的统称。

③ 丹青：指颜料。唐杜甫《丹青引·赠曹将军霸》："丹青不知老将至，富贵于我如浮云。"

④ 金山庙：金山大王庙，始建于三国孙吴时钊山（今大金山岛）上，后在金山、嘉兴等地广建行祠。

> 今 译

香糯的粳稻熟了，人们一道迎神报赛，跳社舞、唱村歌，一直持续几十天。最重要的是用丹青颜料粉刷装点，金山庙的内外面貌顿时焕然一新。

（费明　注译）

请　佛

（清）陈　祁

秋成报赛①各争先，请佛②酬神处处虔。
八月田中收早稻，九月湖中摇哨船③。

作者原注　｜　秋成后，乡间各处报赛，曰"请佛"；以锣鼓置快船中，橹桨并举，曰"哨船"。

说 明

此首写旧时枫泾地区秋收季报赛请佛的热闹场面,诗语俚白朴质。

注 释

① 报赛:古时农事完毕后举行谢神的祭祀活动。《周礼·春官·小祝》:"将事侯禳祷祠之祝号。"唐贾公彦疏:"求福谓之祷,报赛谓之祠。"唐王建《赛神曲》:"但愿牛羊满家宅,十月报赛南山神。"鲁迅《集外集拾遗补编·破恶声论》:"农人耕稼,岁几无休时,递得馀闲,则有报赛,举酒自劳,洁牲酬神,精神体质,两愉悦也。"

② 请佛:迎奉佛像供养。酬神:报谢神祇。

③ 哨船:巡逻警戒的船只。元张之翰《再到上海》:"下海人回蕃货贱,巡盐军集哨船多。"《喻世明言·卷二二·木绵庵郑虎臣报冤》:"哨船来报道:'夏招讨舟已解缆先行,不知去向。'"

今 译

秋收之后各乡争先恐后地来报赛,到处是迎奉佛像报谢神祇的人们。八月田野里农人抢收早稻汗如雨,九月河湖中锣鼓喧天哨船快如飞。

(张锦华 注译)

开稻园

（清）陈 祁

风味田家亦美哉，催租人至稻园开。
肥鸡烂煮香粳①熟，三白②釀斟白宋杯③。

作者原注　谚曰"八月廿四开稻园"之语，有田者于秋后赴乡间催租，佃者杀鸡煮酒以待。香粳，稻名。三白，酒名。瓷之最粗者曰"白宋"，乡人多用之。

说 明

此首写旧时枫泾地区佃户秋后烹鸡煮酒,款待催租田主的情景。诗以风俗田园画的方式还原了一个真实的历史细节。

注 释

① 香粳:亦作"香秔"。一种有香味的粳米,产于江浙一带。明李时珍《本草纲目·谷一·粳》:"香粳,长白如玉,可充御贡,皆粳之稍异也。"唐杜甫《病后遇王倚饮赠歌》:"遣人向市赊香粳,唤妇出房亲自馔。"

② 三白:即三白酒,原属乌镇特产。《乌青镇志》记载:"以白米、白面、白水成之,故有是名。"酒醇厚清纯、香甜可口,男女老少皆宜。诗中所说三白,属枫泾本地产。

③ 白宋杯:酒器名。宋代定窑产有白瓷小杯。在北宋中期以后产量大,质有精粗之分。贡瓷和商品用瓷质量比较上乘,胎质坚细。民间生活用瓷相对质量较差,胎质较粗。诗中提到的属后者。

今 译

田家菜肴的风味也是美美的,催租田主到来时佃户正打开稻囤。肥美土鸡煮得烂熟米饭香喷喷,三白酒早把粗瓷的白宋杯斟满了。

(张锦华 注译)

跳灶王

(清) 陈 祁

小小圆团廿四糖,东厨①司命去堂堂。
乡傩②古礼今犹见,竹条金钱跳灶王。

作者原注　嘉平廿四日,俗以圆团、糖饼祭灶,曰"送灶"。圆团,粉食也。人以墨涂面,持竹条挂金钱跳舞,曰"跳灶王",疑即古傩礼。

说　明

此首写旧时枫泾地区腊月廿四送灶神、跳灶王等傩戏礼俗情景。

注　释

① 东厨：厨房。古制，厨房在正房之东。也指灶神。司命：神名。神话传说中掌管人的生命的神。东厨司命乃道家诸神之一，也是中国民间信仰的神祇之一。主要掌管饮食和烹饪，也被认为是炉灶之神。在中国传统文化中，东厨司命被广泛崇拜和祭祀。堂堂：形容容貌庄严大方。

② 傩（nuó）：又称跳傩、傩舞、傩戏，是中国最古老的一种祭神跳鬼、驱瘟避疫的娱神舞蹈。

今　译

腊月廿四小小圆团和糖饼来祭灶，东厨和司命之神相貌庄严又大方。悠久的乡傩古礼现在犹能看得到，人们手持竹条金钱跳着娱神之舞。

（张锦华　注译）

祈 雨

(清)王丕曾

每逢凤旱祷甘霖①,各庙烧香仗佛临。
晌午②日停犹未歇,草龙③声沸出街心。

> 说 明

此首描绘百姓参加祈雨仪式,期待久旱逢甘霖的迫切心情。

> 注 释

① 甘霖:指久旱以后所下的雨,似甘甜的水一般。唐刘禹锡《龙门祷雨歌》:"甘霖三日无停霏,霢霂既优仍既渥。"元方回《次韵金汉臣喜雨》:"甘霖三尺透,病体十分轻。"

② 晌(shǎng)午:中午、正午。元无名氏《争报恩》第一折:"你晌午后先吃了人一顿拷。"宋方一夔《田家》:"晌午鸦鸦响踏车,那边丛薄有人家。"

③ 草龙:用草做的龙。古人认为,龙王掌管兴云降雨,因此以舞龙的方式来祈雨。舞龙的道具是用草做的龙。明吴宽《西溪舟行二首》之二:"休缚草龙依古法,徒闻秧马作长歌。"

> 今 译

每当遇到风灾和旱灾,老百姓就祈求天降甘霖。各座供着佛像的庙宇都有人烧香。正午时分,太阳收敛炎威,老百姓们也不肯休息。那一头传来人声鼎沸,草做的龙王从街心盘旋着出来了。

(杨以豪 注译)

礼金仙

(清) 程来泰

十五吴娃①发覆肩,纷纷结队礼金仙②。
低头细语无人会,自绣花幡③挂佛前。

说 明

此首描绘了吴地年轻女子礼佛盛况。

注 释

① 十五吴娃：古时女子十五岁及笄，此处泛指吴地少女。

② 金仙：佛。唐宋之问《奉和幸三会寺应制》："六飞回玉辇，双树谒金仙。"

③ 旛：同"幡"，旗子。此处应是礼佛用的器物。宋顾逢《下竺寺堂前独坐》："风舞花幡万缕轻，石炉香冷一灯明。"

今 译

吴地少女长发刚及肩，纷纷排队礼神拜佛。她们低着头小声祷念，旁人也不得领会其意，少女们默默将绣好的花幡挂在佛像前以示敬意。

（刘伟　注译）

阳春游山

(清)陈金浩

姊妹同登放鸭船①,柏枝棚②下记山前。
村妆③不羡衔珠凤,只买荆钗④数布钱。

作者原注 | 男女游山率以三、四月,村家居多。

说明

此首纪春日女子游山购物之风俗。

注释

① 放鸭船：赶鸭的船。南宋叶绍翁《嘉兴界》："悠悠绿水分枝港，撑出南邻放鸭船。"

② 柏枝棚：用松柏枝条搭建的茅棚。

③ 村妆：乡村妇女的打扮。清李渔《闲情偶寄》："犹之贫士得妻，不能变村妆为国色。"

④ 荆钗：荆枝制作的髻钗，古代贫家妇女常用之。

今译

一对姐妹正赶着鸭子驾船而过，突然想起山前正在举办春日集市。乡村的妇女并不羡慕金钗玉钿，她们只是随手选了几支常用的荆钗。

（倪春军　注译）

秦山游

(清)时光弼

野畦①春暖日迟迟,秦望山头景物滋。
田妇村童都结伴,桃花看到菜花时。

作者原注 | 每年三月朔望及二十八日,为里人游山之期。

说 明

此首介绍张堰旧俗"三月三,游秦山"。

注 释

① 野畴:野外的田地。唐沈佺期《敕到不得归题江上石》:"配宅隣州僻,斑苗接野畴。"唐杜甫《陪王使君晦日泛江就黄家亭子》:"野畴连蛱蝶,江槛俯鸳鸯。"日迟迟:春分以后夏至以前,北半球日照时间比夜晚长。在古人看来,是春天的太阳移动缓慢,故曰"日迟迟"。《诗经·豳风·七月》:"春日迟迟,采蘩祁祁。"唐温庭筠《长安春晚二首》(其一):"曲江春半日迟迟,正是王孙怅望时。"

今 译

春天的太阳慢慢地移动,温暖了野外的田地。秦望山头景物丰富繁多。田野村妇和孩童都结伴而来,一起从桃花盛开看到菜花盛开的时候。

(杨以豪 注译)

春 台 戏

(清)陈 祁

春台好戏①各争强,忽听新音韵绕梁。
多少名班②齐压倒,让他串客③暂逢场。

| 作者原注 | 俗于春日搭台演戏,曰"春台戏",戏之有名曰"名班",富家子弟自聚演唱名者曰"串客"。 |

说 明

此首咏春日春台"串客"演出之场面。

注 释

① 春台戏：春季在旷野搭台演出，祈求农事吉祥。清顾禄《清嘉录·春台戏》记载："二三月间，里豪市侠，搭台旷野，醵钱演剧，男妇聚观，谓之春台戏，以祈农祥。"
② 名班：有名的戏班。
③ 串客：业余的演员。

今 译

春台演出的戏班互争头彩，忽然听到一曲悦耳清歌。原来是一名串客临时登台，他的技艺压过了专业戏班。

（倪春军　注译）

唱杨花、演走索①

(清) 陈 祁

杨花唱出暗魂销,绳伎②新来妙舞腰。
相约踏青③灯草地,红桥错认作蓝桥。

| 作者原注 | 春来多吴娃入市唱杨花,演走索等伎。灯草田、红桥,地名。 |

说 明

此首介绍当时流浪艺人的街头唱词和杂技表演。

注 释

① 唱杨花、演走索：指古代流浪艺人在街头的唱词、杂技表演。

② 绳伎（jì）：亦作绳技。杂技之一种，俗称走索。

③ 踏青：春日郊游，也称"踏春"。中国民间长期保持着清明踏青的习惯，其源泉是远古农耕祭祀的迎春习俗，对后世影响深远。

今 译

流浪艺人唱杨花真让人神魂颠倒，绳技艺人的杂技表演更令人称绝。游人原先约定去灯草地踏青，观看流浪艺人表演后错把红桥认作蓝桥。

（姚金龙　注译）

赏菜花

（清）陈 祁

载酒①携朋郊外归，菜花泾上蝶飞飞。
眠蚕②乍起豆初熟，社燕③刚来笋正肥。

| 作者原注 | 菜花泾，地名。俗二、三月移樽郊外，曰"赏菜花"。蚕豆、燕来笋，土产之美者。 |

> 说 明

此首写初春时节枫泾地区人们踏春赏花野炊的习俗和时鲜之美。竹枝之善记风土，可见一斑。

> 注 释

① 载酒，携酒，带着酒。《汉书·扬雄传下》："家素贫，嗜酒，人希至门。时有好事者载酒肴从游学。"唐刘长卿《听笛歌别郑协律》："旧游怜我长沙谪，载酒沙头送迁客。"

② 眠蚕，蚕食桑叶，迅速成长而体色渐变，由白至青，复渐转乳白、乳黄。食欲减退及至完全停食，吐丝少许，自缚腹足于蚕座，昂首挺胸，体僵如眠，故称眠蚕。

③ 社燕：燕子春社时来，秋社时去。宋苏轼《送陈睦知潭州》："有如社燕与秋鸿，相逢未稳还相送。"春社，中国传统民俗节日，时间一般为立春之后的第五个戊日，大致在春分前后。主要用于祭祀土地神。

> 今 译

带着美酒携着朋友从郊外野炊回来，一路上菜花泾上粉蝶翻飞多热闹。春蚕从休眠中醒来蚕豆刚开始成熟，社燕南归春笋肥壮更鲜美。

（张锦华　注译）

村 味 鲜

（清）倪式璐

四月蚕时①景自妍，村乡风味总堪②怜。
哺鸡③笋白香芹碧，还有文圩豌豆鲜。

说 明

此首描绘四月乡村的时鲜美味,表达对乡村返璞归真生活的喜爱。

注 释

① 蚕时:春蚕在农历四月到五月开始饲养。妍:意为美丽。

② 堪:能够、承受。怜:疼爱。

③ 哺鸡:指孵卵的母鸡。清顾张思《土风录》卷六:"老母鸡抱鸡子曰哺鸡。"清黄遵宪《寄题陈氏峥庐》之二:"携儿哺鸡雏,反盆有馀粥。"香芹:芹菜。唐杜甫《陪郑广文游何将军山林十首》之二:"鲜鲫银丝脍,香芹碧涧羹。"宋释道潜《山中书事》:"细炊云子斋厨饭,要配香芹碧涧羹。"

今 译

村里四月养蚕的时候,景色自然是最美的。村里的风味美食总是能让人怜爱。那孵蛋的老母鸡、雪白的鲜笋、碧绿的香芹,还有文圩的豌豆格外的鲜。

(杨以豪 注译)

秦山山市(一)

(清)吴大复

落尽红桃燕子忙,小南山北菜花黄。
苔心入市须清早,换得时新①白蚬尝。

> **说 明**

此首描写春日里秦山山市一派生机盎然之景。

> **注 释**

① 时新：应时鲜美之物。南朝宋鲍照《代少年时至衰老行》："好酒多芳气，肴味厌时新。"

> **今 译**

桃花落时燕子便热闹起来，小南山北面的菜花开得正灿烂。苔心菜要趁着清早拿去集市上卖，好换来应季的白蚬子尝尝鲜。

（刘伟 注译）

秦山山市（二）

（清）吴大复

列市①山前百货饶，东风村店酒旗招。
游人归醉春泥滑，扶上山西亭子桥。

说 明

此首介绍秦山一带物产丰饶、市井繁荣的风情。

注 释

① 列市：即开市，设市营业。清刘荫《春日登楼》："近城烟火密，列市酒旗浮。"

今 译

秦山脚下集市上各种货物应有尽有，东风拂过村落处处酒旗飘动。来游玩的人们酒醉而归，踩着春泥步伐有些不稳，互相搀扶着走上山西面的亭子桥。

（刘伟　注译）

秦山山市(三)

(清)吴芝秀

转盼①山林成市廛,店家笑语共哗然②。
漫夸③香信生涯好,半是贫家纺织钱。

说 明

此首介绍旧时秦山浓郁的商业气息。

注 释

① 转盼:犹转眼,喻时间短促。宋苏轼《徐大正闲轩》:"君如汗血驹,转盼略燕楚。"市廛(chán):商铺云集之地。南朝宋谢灵运《君子有所思行》:"市廛无陋室,世族有高闳。"

② 哗然:人多声杂。宋真德秀《舞鹤亭歌》:"笑杀飞鸢太不灵,贪腥嗜腐哗然争。"

③ 漫夸:同"谩夸",虚夸。宋韩元吉《红梅》:"越女漫夸天下白,寿阳还作醉时妆。"香信:即"信香",旧时以香为信使,以通神明,故称呼为"信香"。

今 译

转眼间山林变成闹市,店家谈笑欢声一片。他们虚夸自家香火生意做得好,已超过穷人家所挣纺织钱的半数了。

(刘伟 注译)

烟火、灯棚

(清)陈 祁

烟火层层烛①紫霄,灯棚处处照红绡②。
月明箫管沿街起,仿佛扬州廿四桥③。

作者原注　里中烟火最佳,正月或四月内沿街挂灯,以彩绸为幔,号曰"灯棚"。里多桥。

> 说 明

此首咏枫泾烟火及灯棚夜景。

> 注 释

① 烛:照亮。紫霄:道观。唐李白《东武吟》:"清切紫霄迥,优游丹禁通。"
② 红绡:红色的薄绸。
③ 廿四桥:扬州瘦西湖景点之一。唐杜牧《寄扬州韩绰判官》:"二十四桥明月夜,玉人何处教吹箫。"

> 今 译

漫天的烟火照亮了庙宇道观,五彩的花灯映衬着红色的绢纱。月光下奏起了箫鼓管弦,仿佛置身扬州的二十四桥。

(倪春军　注译)

放 纸 鸢

(清) 陈 祁

紫石街①头放纸鸢,撒沙恰好晚风前。
无端②彩线空中断,落向峨眉明月③边。

作者原注　俗放风筝,夜间以花炮系上放之,曰"撒沙"。
峨眉、明月,二庵名。

说 明

此首记夜间放花炮风筝之风俗。

注 释

① 紫石街：枫泾地名，据《(光绪)重辑枫泾小志》记载，街在镇南。《枫溪竹枝词》："拨钗沽酒高阳里，著屐看花紫石街。"

② 无端：没有来由。

③ 峨眉、明月：一语双关，既实指峨眉、明月二庵，也借指天边明月。

今 译

放风筝的儿童在紫石街上奔跑，点花炮的人们站立在晚风之中。线断了，风筝飞向天际，落在庵边。

（倪春军　注译）

贩果桡①

（清）陈 祁

杨梅②食罢酒初醒，又报枇杷③过洞庭。
宝马不嘶石碇④岸，画桡长泊饮和亭。

作者原注　｜　杨梅产浙江山中，枇杷以洞庭山者为佳。里中少马、贩果者俱乘船。

> 说 明

　　此首写旧时水乡枫泾水果商贩驾船贩运杨梅、枇杷等果品的情景，颇显枫泾自古物阜民丰的繁荣气息。

> 注 释

　　① 桡（ráo）：小船。画桡，饰有花纹的小船。
　　② 杨梅：有"果中玛瑙"之誉，生津解渴，和胃消食，亦可解酒。
　　③ 枇杷：有止渴、润燥、清肺、止咳之功效。《本草纲目》："枇杷叶气薄味厚，阳中之阴，治肺胃之病。"白居易《初夏鲜果第一枝》诗："淮山侧畔楚江阳，五月枇杷正满林。"
　　④ 石锭：即石碇，岸边系船缆用的石墩。饮和亭，亭名。

> 今 译

　　吃了鲜美的杨梅酒劲才开始醒转，又说还有刚从洞庭山采来的枇杷。没有宝马在置有石碇的岸边嘶鸣，有的是画船长久停靠在饮和亭下。

（张锦华　注译）

夜来香

(清)程兼善

沿溪第宅①尽重楼②,楼上窗纱碧似油。
为待夜来香卖过,卷帘忘却未梳头。

作者原注 | 夜来香,花名,夏秋间妇女晓起争购之。

说 明

此首介绍夏秋间枫泾妇女早起争相购买夜来香花的情景，市井生活气息浓郁。

注 释

① 第宅：宅第，住宅，旧指富贵人家的住宅。唐杜甫《秋兴》之四："王侯第宅皆新主，文武衣冠异昔时。"
② 重楼：重，意为层、重复。重楼，两层以上的楼房。

今 译

沿着市河都是两层以上的住宅高楼，楼上的窗纱绿得像油。女子为等待有卖夜来香的走过，卷起窗帘却忘了自己未曾梳头。

（姚金龙　注译）

约小姑

(清)时光弼

村巷人家似画图,女红①勤作不嫌孤。
数株老树遮斜日,赌纺棉花约小姑。

> 说 明

此首描绘闺中女子劳作女红之余,约上自家小姑一起比赛纺织的乐趣。

> 注 释

① 女红:旧时指女子所做的针线、纺织、刺绣、缝纫等工作和这些工作的成品。宋许玠《染丝上春机》:"锦江之水来蜀西,女红染丝上春机。"清孔尚任《桃花扇·栖真》:"庸线懒针,几曾作女红。"

> 今 译

村头巷尾的人家像一幅画一样错落美丽。我在闺中勤勉地做着女红,却不会感到孤单。窗外几株老树遮蔽了斜下的太阳,我和小姑约定一起纺织,势要比个高低输赢。

(杨以豪 注译)

斗蟋蟀、斗鹌鹑

(清)陈金浩

轻平①蟋蟀重平银,结伴登场秋兴②新。
抛去花枝③才歇手,提囊又约斗鹌鹑。

作者原注	秋斗蟋蟀胜负,以花枝为数,名曰秋兴。入冬又斗鹌鹑。

> 说　明

此首咏旧时秋斗蟋蟀、冬斗鹌鹑之风俗。

> 注　释

① 轻平：公平。斗蟋蟀之前，先要由司戥人称重，然后选取重量相同的蟋蟀进行决斗，以示公允。
② 秋兴：指斗蟋蟀。清顾禄《清嘉录》记载："白露前后，驯养蟋蟀以为赌斗之乐，谓之'秋兴'。"
③ 花枝：胜负的筹码。歇手：停止正在做的事情。

> 今　译

先在秤上称好每只蟋蟀的分量，然后三五成群互相决斗。直到输完了所有的筹码才肯罢休，然后又提着布袋去斗鹌鹑。

（倪春军　注译）

斗蟋蟀、斗鹌鹑

(清)程兼善

西风渐紧制寒衣①,蟋蟀金笼斗已稀。
一种鹑人②围晓阁,采囊③珍重怕高飞。

作者原注	溪上风俗,秋时斗蟋蟀,冬时斗鹌鹑。冬尤甚,一鹑强者值数十金,畜以采囊,晓起集斗,败则飞去。

说 明

此首描写了金山地区秋冬时节,人们斗蟋蟀、斗鹌鹑的风俗,暗寓劝诫之意。

注 释

① 寒衣:御寒的衣服。唐白居易《秋晚》:"莱妻卧病月明时,不捣寒衣空捣药。"
② 鹑人:斗鹌鹑的人。
③ 采囊:锦囊,用以畜养鹌鹑之用,做工精美。

今 译

西风渐渐吹得紧,又到了赶制御寒衣物的时候,装蟋蟀的金笼里,相斗已变得稀少起来。而一群斗鹌鹑的人已围在清早的阁楼里,将装鹌鹑的锦囊看紧了,以防它败走高飞。

(费明 注译)

夜 渔

(清)陈 祁

晴湖月夜白船划,腊酒①陈家老店赊②。
箬帽蓑衣③风雪里,寒江惯把黑鱼叉。

作者原注　｜　划白船、叉黑鱼,皆渔法也。陈古槐家腊酒,最有名。

说明

此首写旧时枫泾地方人们冬天划船夜渔、赊酒暖身的事迹。

注释

① 腊酒：腊月酿制的酒。唐岑参《送张献心充副使归河西杂句》："玉瓶素蚁腊酒香，金鞍白马紫游缰。"宋陆游《游山西村》："莫笑农家腊酒浑，丰年留客足鸡豚。"

② 赊：买货延期交款。《字汇》："不交钱而贾曰赊。"

③ 箬帽蓑衣：箬（ruò），箬竹。竹的一种，叶子宽而大，可用来编制器具或竹笠。蓑（suō），蓑草。即龙须草，也叫蓑衣草。蓑衣，即用草或棕制成的雨具。

今译

划着白船在月夜晴湖里打鱼，不时喝上一口陈家赊来的腊酒。一身箬笠蓑衣静守在风雪里，江上寒气逼人仍执着叉捕黑鱼。

（张锦华　注译）

操 丝 网

（清）陈 祁

住傍①樵林②结小庐③，门前绿水浸红藻④。
劝郎休学操丝网，为爱澄江⑤比目鱼。

作者原注 ｜ 操丝网，渔法也。

说 明

此首写诗人结庐江岸樵林，因爱江澄鱼欢之境而规劝年轻人不要打鱼的情景，颇见诗人性情。

注 释

① 傍（bàng）：靠近；贴近。
② 樵（qiáo）林：樵，散木也。樵林，指杂树丛生之林。
③ 结庐：建造房屋、住宅。晋陶潜《饮酒》："结庐在人境，而无车马喧。"唐杜甫《杜鹃》："我昔游锦城，结庐锦水边。"
④ 红蕖：红色的荷花。
⑤ 澄江：清澈的江水。南朝齐谢朓《晚登三山还望京邑》："余霞散成绮，澄江静如练。"宋黄庭坚《登快阁》："落木千山天远大，澄江一道月分明。"

今 译

在靠近杂树林的地方建屋住下，门前的碧水中浸着鲜红的荷花。规劝年轻人不要学着操持丝网，因为我爱清澈江水中的比目鱼。

（张锦华　注译）

犁耙出

（清）陈 祁

清水泾①边水涨迟，茜金桥畔柳垂丝。
寒风九九②初消尽，正是犁耙③欲出时。

作者原注 ｜ 谚有"九九八十一，犁耙一齐出"之语。

> 说 明

此首写有"吴根越角"之称的千年古镇枫泾一带数九寒天将去，春日欲来的景象，意象清新。

> 注 释

① 清水泾：即清风泾。

② 九九：九九是中国古代民间用来表示冬至后或夏至后八十一天日期的总称，冬至后的八十一天为"冬九九"，夏至后的八十一天为"夏九九"。民间一般指的是冬九九。每九天为一个九，按次称为头九、二九、三九，直至"九九"，即所谓"数九寒天"。农谚有云："一九、二九不出手，三九、四九冰上走，五九、六九沿河看绿柳，七九河开，八九雁来，九九杨絮落地，九九加一九，耕牛遍地走。"

③ 耙（pá）：齿状农具。一般以竹、木、铁为齿，竹木做柄。用以翻晒粮食，或平整水田，便于插播禾苗。

> 今 译

清风泾上的河水迟迟未曾涨潮，茜金桥边的垂柳却已有了淡淡绿意。数九寒天西北风刚刚停歇下来，正是农人搬出犁耙准备春耕的时候。

（张锦华　注译）

捻春泥

(清)陈 祁

春波是处捻①泥罗,小草红花野外多。
支得桔槔②新上水,村村齐唱插秧歌。

作者原注 | 荷花草似苜蓿,开小红花,拌湖底泥名曰"草泥",粪田最沃。取湖泥之器曰"捻泥罗"。

> 说 明

　　此首写枫泾地区农人春天挖取淤泥拌合紫云英做肥料,上水插秧的繁忙景象。不避俚俗,质朴自然。

> 注 释

　　① 捻（niǎn）:用手搓揉转动,或聚合。罗:一种器具,在木框或竹框上张网状物。
　　② 桔槔（gāo）:俗称"吊杆""称杆",也作"颉皋",始见于《墨子·备城门》,是一种利用杠杆原理的取水机械。桔槔早在春秋时期就已相当普遍,而且延续了几千年,是中国农村历代通用的提水器具。这种汲水工具虽简单,却使人们的劳动强度得以减轻。

> 今 译

　　小河边到处是捻取淤泥的箩筐,田野里大片的紫云英正在盛开。农人纷纷架起桔槔汲水来灌溉,村村户户一起唱起了插秧之歌。

（张锦华　注译）

踏 水 车

(清) 陈 祁

黄梅①小暑雨纷纷,透水新苗几遍耘②。
才过三时三伏到,踏车好趁晚风薰③。

作者原注	"夏至后起一时",农谚也,亦曰黄梅节,多雨。俗谓桔槔曰"水车",每趁晚凉,男女踏上水灌田。

> 说 明

此首写枫泾地区黄梅时节农人耘田灌溉的劳动场景。诗语朴质,如在目前。

> 注 释

① 小暑:二十四节气中第十一个节气。暑,炎热;小暑,小热。民谚云:"小暑大暑,上蒸下煮。"小暑始入伏,在小暑与处暑之间为"三伏",为一年中气温最高且潮湿、闷热时段(每年6月中旬到7月上、中旬)。在此时段,长江中下游地区连续阴雨,器物易霉,故称"霉雨"。又值梅子黄熟之时,故亦称"梅雨"。

② 耘(yún):农事名,谓除田间杂草。

③ 薰(xūn):蕙草。古书上说的一种香草,泛指花草的香气。

> 今 译

小暑一到黄梅雨纷纷下个不停,出水的禾苗还需要几番除草。刚刚过午后三时三伏天就到了,趁晚风花香得赶紧踏车浇灌。

(张锦华 注译)

龙取水[①]

(清) 陈 祁

队队蜻蜓立钓丝,池塘浴罢野风吹。
遥从云外看龙挂,正是良苗渴雨时。

作者原注	五、六月间多龙挂,俗名"龙取水",挂时必有蜻蜓飞舞,大雨立至。

说 明

此首写枫泾乃至江南五、六月间常见的一种名叫"龙取水"的自然气象。颇见野趣。

注 释

① 龙取水:一种龙形云彩,如蛟龙横贯天际,旧时乡人亦称作龙挂。宋叶梦得《避暑录话》卷下:"五、六月之闲,每雷起云族,忽然而作,类不过移时,谓之过云雨,虽三二里间亦不同。"也指水龙卷,一种偶尔出现在温暖水面上空的龙卷风。宋陆游《龙挂》:"黑云崔嵬行风中,凛如鬼神塞虚空,霹雳迸火射地红。上帝有命起伏龙,龙尾不卷曳天东……山摧江溢路不通,连根拔出千尺松。"

今 译

一队队蜻蜓静静停立在钓鱼线上,在池塘里洗浴后惬意地吹着野风。远远地看见一具龙挂横亘在天际,田里的良苗正渴望着一场及时雨。

(张锦华 注译)

风　潮[①]

（清）陈　祁

海潮新涨板桥[②]低，秋雨秋风水拍堤。
一夜鱼虾争入市，酒船高与小楼齐。

作者原注　｜　秋来风雨，潮水骤涨，俗名"风潮"。

说 明

此首写水乡枫泾地区雨季风潮暴涨,河鲜旺市的喜人景象。诗写得清丽有风致。

注 释

① 风潮:江浙一带夏秋两季受台风影响,多风暴潮。诗中"海潮"说的就是台风季潮汐对区域内潮涨潮落的影响。南朝宋谢灵运《入彭蠡湖口》:"客游倦水宿,风潮难具论。"唐储光羲《泊舟贻潘少府》:"行子苦风潮,维舟未能发。"

② 板桥:枫泾域内河道纵横,桥梁众多,或石拱或桁梁,素有"三步两座桥,一望十条巷"之称。这里说的板桥即桁梁桥,桥石与水面平行,涨潮时方有"板桥低"之错觉。今存"三桥"之一的竹桁桥即典型的江南板桥。

今 译

海潮涨起来板桥低低地压着水面,秋天风雨大作中潮水拍击着河堤。一夜之间鱼虾满舱,河鲜争先入市,酒船被潮水抬高几乎与小楼相齐。

(张锦华 注译)

望 新 潮

(清) 陈 祁

定光塘①口望新潮,唐子泾②头魂暗销③。
潮去潮来郎有信,南丰桥到北丰桥④。

作者原注 | 海潮日来两次,不爽时刻。

说 明

此首亦借望潮写闺怨,尾句以地名起讫暗中言情,有风致。

注 释

① 定光塘:枫泾市河之一,河畔原有定光寺,因此定光塘俗称"定家港"。

② 唐子泾:枫泾市河之一。

③ 魂暗销:即销魂,形容悲伤愁苦情状。南朝梁江淹《别赋》:"黯然销魂者,唯别而已矣。"唐钱起《别张起居》:"有别时留恨,销魂况在今。"宋苏轼《浣溪沙·桃李溪边驻画轮》:"水连芳草月连云,几时归去不销魂。"

④ 南丰桥:即枫泾跻云桥,俗称南丰桥,属单孔石拱桥。明成化十三年(1477)顾谙、顾文昱建。北丰桥:即今枫泾"三桥"景区之北丰桥。

今 译

在定光塘河口望着新涨潮水,在唐子泾头我暗自悲伤忧愁。郎呀你可像潮水一样按时来,从南丰桥到北丰桥有个准头。

(张锦华　注译)

风土风物

吴越界

(清)陈 祁

风俗声音辨渺茫①,犬牙相错两分疆。
鱼盐②莫怪争南北,越水吴山③古战场。

作者原注	里本吴越旧地,今分南界为浙江嘉善,北界为江苏娄县。风俗、声音,南北微有不同,浙盐例禁不过北界,四腮鲈鱼相传不入南界。

说 明

此首咏吴越边界之地理风俗。

注 释

① 辨渺茫：难以辨别。
② 鱼盐：指北界的鲈鱼和南界的浙盐。
③ 越水吴山：代指南北两界的河流山川。

今 译

吴越交界处的风俗和语言非常相似，这里的地形犬牙交错分为两界。南北两地的物产无法流通，这里原是硝烟弥漫的吴越战场。

（倪春军　注译）

留溪胜状

(清)王丕曾

水流九曲到溪东,庐井①桑麻在在同。
查岭晓云秦岭②月,人烟聚处恰当中。

说明

此首描绘张堰镇的人文、自然风景,有返璞归真之意。

注释

① 庐井:古代井田制,八家庐舍共一井,故称庐井,后泛指房舍田园。宋司马光《送刘观察知洺州》:"畛封连故赵,庐井带清漳。"金元好问《宿张靖田家》:"微茫望烟火,向背得庐井。"在在:到处。宋彭汝砺《和游双泉》(其二):"薄疑身世近蟾宫,步武虚凉在在同。"明李贤《观物》:"闲来观物到园东,天理流行在在同。"

② 查岭、秦岭:查山(今金山卫镇农建村)、秦望山(今张堰镇西)。

今译

张泾河水蜿蜒流到张堰镇东,到处是相似的屋舍和桑麻。张堰最美的自然风景,是登上查山仰望清晨的云彩,是夜里登上秦望山赏月。人烟相聚的地方也恰如其分地与自然融合。

(杨以豪 注译)

亭林湖

（清）顾文焕

青帘①不挂酒家胡，白舫②何人更泛湖。
千顷湖光春涨绿③，元人诗笔宋时图。

| 作者原注 | 宋唐询诗有"湖波空上下，里闬已丘墟"，元段天佑和云："只有湖千顷，春潮涨雨馀。"今诸河浅不容舟。 |

说 明

此首介绍亭林湖昔日风光，诗笔如画。

注 释

① 青帘：青色的布招，旧时为酒家的标志。唐刘禹锡《鱼复江中》："风樯好住贪程去，斜日青帘背酒家。"酒家胡：原指酒家当垆侍酒的胡姬，后亦泛指酒家侍者或卖酒妇女。东汉辛延年《羽林郎诗》："依倚将军势，调笑酒家胡。"

② 白舫：白木所制的船。唐杜甫《送李八秘书赴杜相公幕》："青帘白舫益州来，巫峡秋涛天地回。"

③ 春涨绿：春潮水涨。宋仇远《衰年》："只忆西湖春涨绿，柳边雪外舣兰舟。"

今 译

如今的酒家不再悬挂青色的布招，还有谁在驾着白木制作的帆船泛舟湖上？春潮水涨泛着一望无际的波光，那是元人诗里和宋人画中的意境。

（刘伟　注译）

赤松溪

(近代)高 燮

功成欲访赤松①游,邈矣②高风不可求。
闻说云厓真好事③,曾思舍宅祀留侯。

作者原注　留溪,又名赤松溪,相传为汉留侯访赤松子旧地,清道光年间奚云厓坚,欲舍其宅为留侯祠,后卒不果。

说 明

此首追溯赤松溪得名的由来，有仰慕古贤之意。

注 释

① 赤松：即赤松子，神话传说中的上古仙人，司掌雨水，常用来比喻大功既立、功高震主之后隐迹避祸。赤松溪，又名留溪，今张堰镇有留溪路。

② 邈矣：遥远的样子。魏晋陆机《折杨柳行》："邈矣垂天景，壮哉奋地雷。"唐白居易《太湖石》："邈矣仙掌迥，呀然剑门深。"

③ 好（hào）事：热心之意。

今 译

张良功成后想寻访赤松子的游踪，这样淡泊名利的高风已渺不可求。听说云厓先生真想热心做件事，曾经思量捐献家宅用来供奉留侯。

（费明　注译）

山塘水色

（清）吴大复

十里山塘水色鲜，菱花开处藕花连。
轻舟荡入波心①里，只少吴娃②唱采莲。

说 明

此首描写旧日秦山下山塘河的水色花光。

注 释

① 波心：水中央。唐白居易《春题湖上》："松排山面千重翠，月点波心一颗珠。"

② 吴娃：吴地美女。唐李郢《晚泊松江驿》："还有吴娃旧歌曲，棹声遥散采菱舟。"采莲：即《采莲曲》，出自汉乐府民歌《江南可采莲》，流行于江南吴、楚、越之地。南朝宋鲍照《拟青青陵上柏诗》："舆童唱秉椒，棹女歌采莲。"

今 译

秦山下的山塘河水光潋滟，菱花藕花相连成片。驾着小舟到河水中央去，唯独少了水乡姑娘唱一曲《采莲》歌。

（刘伟　注译）

泖水风情

（清）吴履刚

长泖东南近秀州，半为烟水半汀洲①。
鹭鸶②飞破夕阳影，万点菱花古渡头。

说 明

此首描绘泖水的旖旎风光。

注 释

① 汀洲:水中小洲。《九歌·湘夫人》:"搴汀洲兮杜若,将以遗兮远者。"唐张九龄《西江夜行》:"犹有汀洲鹤,宵分乍一鸣。"

② 鹭鸶:鸟类的一种。站立时经常一只脚独立在水中。渔家经常豢养这种鸟,它们靠灵活的脖子和鱼叉一样的尖嘴觅食。唐李白《泾川送族弟錞》:"锦石照碧山,两边白鹭鸶。"

今 译

长长的泖水东南方向是秀州,这里一半是雾气蒙水,一半是河上沙洲。几只鹭鸶飞过,打破了水面夕阳的影子,岸边万朵菱花拥簇着古老的津渡。

(杨以豪 注译)

瓜蔓水

（清）王鸣盛

苇花菱叶接苍茫，谷泖①桥边上野航②。
斜日③一篙瓜蔓水，轻帆齐落秀州塘。

说明

此首描绘农历五月秀州塘边芦苇花飘、菱叶遍布、船只纵横的水乡秀色。

注释

① 谷泖："三泖"统称为泖河，古时属谷水，故"三泖"又称谷泖。

② 野航：农家小船。唐杜甫《南邻》："秋水才深四五尺，野航恰受两三人。"

③ 斜日：傍晚西斜的太阳。南朝梁任昉《苦热诗》："倾光望转蕙，斜日照西垣。"篙：撑船工具。瓜蔓水：泛指农历五月的水汛。宋梅尧臣《送李载之殿丞赴海州榷务》："瓜蔓水生风雨多，吴船发棹唱吴歌。"

今译

芦苇花与菱叶相连成片漫无边际，从谷泖桥边坐上农家小船。伴着夕阳、撑着船篙，在这五月水汛来临的日子，落帆靠岸停泊在秀州塘边。

（刘伟 注译）

东西胜港

(清)曹 灶

野花开处尽婀娜①,年少渔娃向晚歌。

东胜景连西胜景,不知两地胜谁多。

作者原注 | 东西胜港在里之西。

说 明

此首赞美东西胜港的傍晚美景。

注 释

① 婀娜：形容柳枝等纤细的植物或女子亭亭玉立，轻盈柔美。

今 译

野花绽放的地方尽是身姿纤细的少女，少年的打鱼娃朝着晚霞歌唱。东胜港的景紧连着西胜港的景，不知道这两处哪个更胜一筹？

（杨以豪　注译）

田 家 栅

(清) 倪式璐

田家栅口遍菰芦①,西胜②东菱俨画图。
细雨半蓑③船划白,一竿常自趁凫雏④。

> 说 明

此首描绘水乡劳作的自然与人文风景。

> 注 释

① 菰芦:菰和芦苇。也指民间、隐者所居之处。宋陆游《闻新雁有感》:"新雁南来片影孤,冷云深处宿菰芦。"宋杨亿《元道宗下第东游》:"举宗文雅孰能陪,须信菰芦出美才。"

② 胜:美景。

③ 半蓑:偶然下雨。宋苏轼有《定风波》:"一蓑烟雨任平生",写的是一直下雨。半蓑烟雨就是指偶尔下雨,宋林景熙《柳下渔次韵》:"半蓑烟雨披春寒,堤上落红已如扫。"

④ 趁:追赶。唐杜甫《题郑县亭子》:"巢边野雀群欺燕,花底山蜂远趁人。" 凫雏:幼年的凫。南朝宋鲍照《三日》:"凫雏掇苦荠,黄鸟衔樱梅。"明袁宏道《棹歌行》:"生子若凫雏,穿江复入湖。"

> 今 译

田家栅口遍地是菰草和芦苇,西边是美丽的风景,东边长着遍地的菱角,俨然一幅水乡图画。偶尔下着蒙蒙细雨,船桨划开白色的水波,经常撑一竿船桨往前追赶这幼凫。

(杨以豪 注译)

严冬村野

(清) 白泾野老

严冬天气似黄梅①,菜麦田畴②未尽栽。
搔首③向天天不语,只闻隐隐数声雷。

说 明

此首描写寒冬时节的沉闷氛围，对晴雨失调表示隐忧。

注 释

① 黄梅：即梅雨季节。指公历每年6月上旬至7月中旬长江中下游地区出现的持续阴雨天气现象。隋薛道衡《梅夏应教诗》："长廊连紫殿，细雨应黄梅。"唐杜甫《梅雨》："南京西浦道，四月熟黄梅。"

② 田畴：泛指田地。唐孟浩然《夕次蔡阳馆》："鲁堰田畴广，章陵气色微。"唐李颀《寄万齐融》："青枫半村户，香稻盈田畴。"

③ 搔首：以手挠头。《诗经·邶风·静女》："爱而不见，搔首踟蹰。"晋谢灵运《答谢咨议诗》："搔首北眷，清对未从。"

今 译

严冬的天气像黄梅季一般阴雨不断。田地里的蔬菜和麦子还没有全部栽种下去。农民挠着头焦虑地望向上天，可惜上天没有回答，只发出隐隐数声雷响。

（杨以豪　注译）

荡莲泾

(清)陈 祁

荡莲泾①畔水深深,莲子莲花水上吟。
侬②爱莲花似郎貌,郎尝莲子识侬心。

说 明

此首写旧时枫泾地区小河道多植荷,青年男女借荷传情的动人画面。情意款款,颇有几分浪漫。

注 释

① 泾:在江浙沪一般指人工开凿的次要河流,也多用于自然村落或地名。如南横泾、朱泾、枫泾、漕泾等。《说文解字》把"泾"解释为渭河的支流"泾水"。《尔雅》:"大波为澜,小波为沦,直波为径。"《释名》:"水直波曰泾,泾,径也,言如道径也。"

② 侬:人称代词,你。旧诗文中多指"我"。"侬"是吴语经典特征字。本意是人,在古吴语和现代吴语中有四种意思:你、我、他、人。在部分吴语区(上海、绍兴、宁波等)表示"你"。金华等地表示"我",又作"阿侬""阿奴"。个别吴语区表示"他"。南部吴语区表示"人"。在本诗中,当作"我"解。

今 译

荡莲泾边河水荡漾深而又深,莲子莲花随风摇曳似歌如吟。我爱莲花哟它多像我的美郎君,郎呀你要尝尝莲子才懂我心。

(张锦华 注译)

张泾、沈泾

(清)倪式璐

淼淼[1]张泾接沈泾,扣舷惯有短长吟[2]。
妾如菱镜[3]照郎面,郎似莼丝[4]系妾心。

说明

此首以张泾河、沈泾河汇流之处的船家歌声起兴，描绘水乡儿女的爱情生活。

注释

① 淼淼：形容水大的样子。

② 扣舷：用手敲击船边，以此为歌吟的节拍。唐王维《送綦毋校书弃官还江东》："清夜何悠悠，扣舷明月中。"宋苏轼《前赤壁赋》："于是饮酒乐甚，扣舷而歌之。"短长吟：长吟和短吟。吟，诗体名。短长吟借指作诗。唐杜甫《送严侍郎到绵州》："穷途衰谢意，苦调短长吟。"宋毛滂《赵乐道挽诗二首》（其二）："空知典刑在，谁听短长吟。"

③ 菱镜：一种古代铜镜，形制为菱花外形。隋薛道衡《昭君辞》："自知莲脸歇，羞看菱镜明。"宋吴文英《天香·寿筼塘内子》："菱镜妆台挂玉，芙蓉艳褥铺绣。"

④ 莼丝：即莼菜。有成语"莼鲈之思"，典出《晋书·张翰传》。"莼丝"与"莼思"谐音。北朝诗人戴皓《钓竿》："钩利断莼丝，帆举牵菱叶。"

今译

浩荡的张泾河和沈泾河在此汇流，船家敲着船舷，打着节拍，唱着常常听到的歌谣。妾身像菱镜一样，照着夫君的脸；夫君像莼丝一样系着妾身的心。

（杨以豪　注译）

双桥水

(清) 倪式璐

三月桃花几处开，草成绿褥①菜成苔。

双桥桥下清清水，寄与檀郎②照水来。

说 明

　　此首以双桥两岸桃花初开、植被茂密的初春景色起兴，女子汲取双桥下的水给她丈夫，体现民间夫妻的郎情妾意。

注 释

　　① 绿褥：形容植被茂密。唐韦应物《游琅琊山寺》："青冥台砌寒，绿缛草木香。"宋欧阳修《秋声赋》："丰草绿缛而争茂，佳木葱茏而可悦。"
　　② 檀（tán）郎：代指丈夫或爱慕的男子。典出西晋美男子潘安，小字"檀奴"，后世以"檀郎"为妇女对丈夫或对爱慕的男子的美称。

今 译

　　三月的桃花尚未繁盛，只在几处地方零星开放。绿草像被褥、蔬菜像青苔一样覆盖在土地上。双桥的桥下是清澈的河水，汲一些给心爱的郎君照脸。

（杨以豪　注译）

竹 枝 歌[①]

(清)陈 祁

生长江南桑苎[②]家,竹枝惯唱学吴娃。
歌声断续知何处,湖上轻舟逐浪花。

> 说 明

此首写诗人向吴地女子学习民歌,汲取民间文学养分为己所用的真实体验,堪称夫子自道。

> 注 释

① 竹枝歌:即竹枝,一种诗体。本为巴、渝一带民歌,唐代刘禹锡是把民歌变成诗体的第一人,对后世影响很大。竹枝词在漫长的历史发展中,由于社会历史变迁及作者个人思想情调的影响,大体可分为三类:其一是由文人搜集整理保存下来的民间歌谣;其二是由文人吸收、融会竹枝词歌谣精华而创作的深具民歌色彩的诗歌;其三是借竹枝词格调而写的七言绝句。竹枝词以吟咏风土为主要特色,对社会文化史和历史人文地理等研究,具有重要史料价值。

② 桑苎(zhù):谓种植桑树与苎麻,泛指农桑之事,也指种植桑苎的人。诗中应指后者。陆游自比陆羽,称自己是"江南老桑苎"。其《幽居即事九首》(其四):"卧石听松风,萧然老桑苎";《八十三吟》:"桑苎家风君勿笑,他年犹得作茶神。"

> 今 译

(我)从小生长在江南农桑之家,向吴地女子学习,习惯了唱竹枝。歌声断断续续我知道从哪里发出,河湖之上轻舟竞发追逐着浪花。

(张锦华 注译)

采菱歌

(清) 倪式璐

采菱歌起水拖蓝①,红蓼青蒲②秋影涵。
欸乃③一声风水利,顺潮已过落河潭。

说 明

此首描绘秋日里干巷水乡采摘菱角的场景,意境优美。

注 释

① 水拖蓝:清澈的河水照映无云的天,像河水拖着蓝色的天空,故称水拖蓝。元罗庆《水调歌头·游武夷》:"雨晴山泼翠,溪净水拖蓝。"明文徵明《游西山诗十二首·其十二·西湖》:"春湖落日水拖蓝,天影楼台上下涵。"

② 红蓼青蒲:两种草本植物。典出宋陆游《秋晴每至园中辄抵暮戏示儿子》:"青蒲红蓼共掩映,病棕瘦竹相扶持。"秋影涵:涵,浸润。元曹伯启《咏雁》:"寒色波光秋影涵,数行天字到江南。"

③ 欸(ǎi)乃:象声词。划船时歌唱之声。宋陆游《南定楼遇急雨》:"人语朱离逢峒獠,棹歌欸乃下吴舟。"元郑光祖《倩女离魂》第二折:"听长笛一声何处发,歌欸乃,橹咿哑。"

今 译

采菱歌声渐起,清澈的水拖着蓝色的天空。红蓼青蒲各色的草木点缀着两岸,秋日浸润在河水里。欸乃的歌声一起,船顺着风向和潮水,不一会儿就到了落河潭。

(杨以豪 注译)

田山歌

(清)陈 祁

上脉膏腴①农力勤,五风十雨②趁耕耘。
春收豆麦秋收稻,不断山歌柳外闻。

作者原注 | 俗农夫、牧童所唱,皆曰山歌。

说 明

此首咏农耕劳作及田头山歌。

注 释

① 膏腴：土地肥沃。
② 五风十雨：五天刮一次风，十天下一场雨，形容风调雨顺。宋王炎《丰年谣》:"五风十雨天时好，又见西郊稻秫肥。"

今 译

农民正在肥沃的土地上辛勤劳作，风调雨顺的时节正好耕耘播种。春天收获豆麦，秋天收割稻米，一段段悠扬的山歌从柳边传来。

（倪春军　注译）

童 子 曲

（清）时光弼

暑夜乘凉路不赊①，板桥顶上语喧哗②。
谁家笛韵悠扬起，清脆童音曲调夸③。

| 作者原注 | 年来里中童子，多能唱曲者。

说 明

此首记录张堰童子雅擅唱曲的特点,颇见地方风俗与童趣。

注 释

① 赊(shē):路途遥远。唐王勃《太公遇文王赞》:"城阙虽近,风云尚赊。"唐罗隐《送魏校书兼呈曹使君》:"雠书发迹官虽屈,负米安亲路不赊。"

② 板桥:张泾河上的通济桥,俗称"板桥","板桥远眺"名列张堰八景之首。始建于明永乐初年(1403),清乾隆四十二年(1777)重建。

③ 夸:同"姱",美好。《淮南子·姱务》:"曼颊皓齿,形夸骨佳。"晋傅毅《舞赋》:"垺材角妙,夸容乃理。"

今 译

夏天的夜晚,去乘凉的地方,路并不远。板桥桥顶上,人群汇聚而热闹喧嚣。这时不知是谁吹起悠扬的笛声,清脆的童音唱的曲调十分悦耳。

(杨以豪 注译)

棹 歌[①]

（清）陈 祁

西近张泾[②]水渐平，浮萍开处小舟横。
棹歌不敢高声唱，生怕鸳鸯河畔惊。

说明

此首写旧时枫泾地区渔人横舟河湖,理棹放歌的生动画面。情景交融,富于情趣。

注释

① 棹(zhào)歌:指渔民撑船、划船时候唱的渔歌,亦作"櫂歌"。后演化为与水乡有关的诗词,并形成一种独特的诗歌创作方法,多为江南一带诗人使用。如《兰溪棹歌》《鸳鸯湖棹歌》等。汉武帝《秋风辞》:"箫鼓鸣兮发棹歌,欢乐极兮哀情多。"南朝梁丘迟《旦发渔浦潭》:"棹歌发中流,鸣鞞响沓嶂。"

② 张泾:在今松江境内,与外波泾、通波泾、洞泾并称"泗泾"。与今金山境内南起金山卫护城河,流经西门、大石头、甪里、张堰、松隐等地,北迄大泖港的张泾河同名。

今译

向西靠近张泾河时水面渐趋平缓,浮萍散开的地方任小舟兀自横陈。只是不敢纵情地高唱悠扬的渔歌,生怕惊动了河边恬然入睡的鸳鸯。

(张锦华 注译)

饭 台

(清)陈 祁

庖厨①精洁饭台高,新妇新将井臼②操。
公要馄饨婆要面,累侬几次费鸾刀③。

| 作者原注 | 俗以庖厨之半,铺板居妇女,名曰"饭台"。"公要馄饨婆要面",亦谚语也。 |

说 明

此首写旧时枫泾地区家庭妇女操持庖厨料理家人三餐的生活画面,笔下暗含同情。

注 释

① 庖(páo)厨:即厨房。《孟子·梁惠王上》:"君子之于禽兽也,见其生,不忍见其死;闻其声,不忍食其肉。是以君子远庖厨也。"唐杜甫《麂》:"永与清溪别,蒙将玉馔俱。无才逐仙隐,不敢恨庖厨。"

② 井臼(jiù):指汲水舂米,泛指操持家务。也指水井和石臼,借指屋舍、庭院。汉刘向《列女传·周南之妻》:"亲操井臼,不择妻而娶。"唐柳宗元《送从弟谋归江陵序》:"足其家,不以非道;进其身,不以苟得。时退则退,尊老无井臼之劳。"唐卢纶《寻贾尊师》:"井臼阴苔遍,方书古字多。"

③ 鸾(luán)刀:刀环有铃的刀,古代祭祀时割牲用。《诗经·小雅·信南山》:"执其鸾刀,以启其毛,取其血膋。"孔颖达疏:"鸾即铃也。谓刀环有铃,其声中节。"宋邵雍《首尾吟》之五:"宝鉴造形难着发,鸾刀迎刃岂容丝。"诗中大抵指菜刀。

今 译

精致洁净的厨房里饭台高筑,新入门的媳妇正在操持家务。公公要吃馄饨婆婆偏要吃面,劳累她不停用厨刀做这做那。

(张锦华 注译)

酿村醪

(清)曹 重

急水斜塘出秀州,稻堆高过屋山头。
家家种得乌须糯①,酿就村醪②好醉游。

说明

此首描绘了秀州塘旁酿造村醪的场景,以水源优质、原料精良写村醪之美,亦可反映酿酒之风俗。

注释

① 乌须糯:一种优质稻米。

② 村醪:村酒。醪,酒酿。宋欧阳修《秋阴》:"却忆滁州睡,村醪自解醒。"

今译

秀州塘里急流清水,稻米堆积高过屋顶。家家户户都种着乌须糯,酿出好酒正好乘醉游玩。

(刘伟 注译)

雨 前 茶[①]

（清）陈　祁

采得新茶谷雨前，黄霉水好胜山泉。
为郎惯病[②]相如渴[③]，瓦罐风炉手自煎。

作者原注	茶以谷雨前采者为佳，四、五月间雨曰"黄霉雨"，水最美。瓦罐、风炉，茶具也。

> 说 明

此首写诗人因罹患消渴之疾（糖尿病）而习饮雨前茶，用黄梅季雨水煮茶的情景。

> 注 释

① 雨前茶：雨前，即谷雨前。4月5日后至4月20日左右采制用细嫩芽尖制成的茶叶称雨前茶。雨前茶虽不及明前茶（清明前采摘的茶）那么细嫩，但由于届时气温高，芽叶生长较快，积累的内含物也较丰富，因此雨前茶往往滋味鲜浓而耐泡。

② 为郎惯病：为郎，诗人自谓。病，动词，患病。

③ 相如渴：指患消渴之病（糖尿病）。《史记·司马相如列传》："司马相如者……口吃而善著书。常有消渴疾。"唐李商隐《汉宫词》："侍臣最有相如渴，不赐金茎露一杯。"明高启《赠医师王立方》："诗人亦有相如渴，愿乞丹砂旧井泉。"

> 今 译

采来谷雨之前的鲜嫩新茶，黄梅季的雨水胜过山泉水。我因为长期患有消渴之疾，常亲自用瓦罐和风炉煮新茶。

（张锦华　注译）

焙 茶

(清)曹 重

不堪分绿与窗纱,叶嫩如枪①待试花。
昨夜一番新雨过,邻家已焙本山茶②。

说 明

此首介绍金山本地茶之形色及雨后焙茶的风土闲情。

注 释

① 枪：长矛。此处应指茶叶形状。王观国《学林新编》记载："蕲门团黄有一旗一枪之号，言一叶一芽也。"试花：花初放。唐张籍《新桃行》："植之三年馀，今年初试花。"

② 本山茶：此处指本地茶。

今 译

不忍将翠绿映在窗纱上，外乡的茶叶嫩芽如矛还未开花。昨天夜里下过雨后，邻居已经焙起本山茶来。

（刘伟　注译）

茶 与 丝

（清）陈 祁

买茶人向埭头山①，丝客浮梁②茗雪③间。
妾梦远随春水去，郎船不趁好风还。

作者原注 ｜ 埭头出茶，湖郡产丝。

说明

此首借商妇口吻,写旧时枫泾地区茶商丝客出外经商,闺中人空梦怨怼的情形。

注释

① 埭头山:地名。温州永嘉、台州黄岩等地均有埭头山。永嘉自古产茶,诗中似指此。

② 浮梁:《方言》第九:"艁(zào,造的古字)舟谓之浮梁。"诗中指驾船。

③ 苕霅(tiáo zhà):苕溪、霅溪二水的并称,在今浙江省湖州市境内。《新唐书·隐逸传·张志和》:"愿为浮家泛宅,往来苕霅间。"清俞樾《春在堂随笔》卷五:"聊存科名盛事,兼为苕霅美谈也。"

今译

茶商们都忙着前往埭头山去进货,丝商们则驾船往返于苕溪和霅溪间。我的梦远远地随着春水追郎而去,郎的船却还没乘春风回到我身边。

(张锦华 注译)

尤家锭

(清)程 超

邻比^①人家纺织勤,木棉花熟白于云。
相期^②买得尤家锭,纺出丝丝胜绮文^③。

作者原注	里尚纺织,锭,纺器也。镇中铁工尤骆所作为佳,人无不资朱泾锭者。

说 明

此首反映朱泾地区纺织业之兴盛。

注 释

① 邻比：比邻，近邻。唐贾岛《哭卢仝》："空令古鬼哭，更得新邻比。"明孙承恩《村居小景图》："邻比数十家，乐生各愉愉。"

② 相期：期待，相约。唐李白《赠郭季鹰》："一击九千仞，相期凌紫氛。"

③ 绮文：亦作"绮纹"，美丽的花纹。元余阙《题蛾眉亭》："落日兼霞绥，流光成绮文。"

今 译

街坊邻里都勤于纺纱织布，所用棉花朵朵洁白如云。大家争相买来尤家制作的铁锭，纺出的纱布满是华美的纹饰。

（刘伟　注译）

女 红

(清)陈 祁

昼夜帘垂①罢绣初,慧心巧弄女红②馀。
制成小品真奇绝,人是莲蓬鹤是鱼。

| 作者原注 | 俗戏以莲房为人,螯骨为鹤,呼莲房为"莲蓬"。 |

说 明

此首赞美枫泾女子所做的纺织、缝纫、刺绣等工作。

注 释

① 帘垂：放下帘子。谓闲居无事。《南史·顾恺之传》："恺之御繁以约，县用无事。昼日垂帘，门阶闲寂。"

② 女红：旧时指女子所做的纺织、缝纫、刺绣等工作和这些工作的成品。

今 译

整天不分昼夜放下帘子认真仔细刺绣，刺绣女精巧构思加上技艺精巧，终于完工出了成品。制成的作品真是堪称一绝，那图案以莲蓬取代人、以腌鱼骨取代鹤。

（姚金龙　注译）

绷 床

(清)陈 祁

窗开和合日初斜,支得绷床[①]学绣花。
池畔鸳鸯莲下藕[②],都随针线作云霞。

作者原注 | 以绸缎绷木架上,便于刺绣,名曰"绷床"。

> 说 明

此首介绍绣花女学绣花并绣得像模像样的事。

> 注 释

① 绷床：指绣花的绷架。绸缎绷在架上，绣花针上下穿行，不同颜色、不同图案不断呈现。
② 池畔鸳鸯莲下藕：指绣花的图案、景物等。

> 今 译

窗开和合已是夕阳西下，架起绣花绷架学着绣花。池畔的鸳鸯以及莲下的藕，都随着绣花针栩栩如生而云蒸霞蔚。

（姚金龙　注译）

履 与 巾

(清)陈 祁

衣裳楚楚又翻新,冠服年来学古人。
市侩①竞穿夫子履②,女郎也带浩然巾③。

| 作者原注 | 鞋之新样者,有"夫子履"之名。普通农家妇女冬天多戴浩然巾。 |

> 说 明

此首介绍当时的一种社会风气,小市民穿夫子履,普通农家妇女戴浩然巾。

> 注 释

① 市侩(kuài):旧指街坊中的市民。
② 夫子履(lǚ):古时读书人或教书先生所穿的一种鞋。
③ 浩然巾:背后有长大披幅的一种头巾,形如今之风帽。相传为唐孟浩然所戴而得名。

> 今 译

衣裳鲜丽式样不断翻新,穿戴方面近来流行古人的打扮。街坊中的小市民争相穿起了"夫子履",普通的农家妇女也戴起了"浩然巾"。

(姚金龙　注译)

裁杭纺

（清）陈 祁

杭纺①初裁女手纤，湖绵②轻暖③是新添。
寄④郎莫作寻常看，绣线痕中别泪⑤粘。

说 明

此首介绍女子送情郎绣花衣被,临别时的依依不舍。

注 释

① 杭纺:纺类中最重、质地最厚的一种平纹纺,以产地杭州命名,故得名为杭纺。

② 湖绵:又称吴绵,是湖州(吴兴)的特产,是用于制作冬季服饰、被子的珍贵材料。古代往往用"湖绵"代指"湖绵服饰"等湖绵制品。

③ 轻暖:指轻软暖和的衣服。

④ 寄:意指依靠,依附。"廉可寄财",意为能够以钱财相托。指十分廉洁的人。

⑤ 别泪:离别时止不住的泪水。

今 译

用纤细灵巧的双手第一次用杭纺裁衣,新添了湖绵制成的轻暖衣被。郎君不要看作是平常的衣被,那绣线中沾满了女子依依惜别的泪痕。

(姚金龙 注译)

莼鲈思[①]

(清)陈 祁

钓客烟波[②]有旧衔[③],莼鲈久别意尤馋。
何时得趁秋风兴,饱挂轻身一叶帆。

作者原注 | 余家藏"烟波钓客"小印。

说明

此首写乡愁,情挚格雅。

注释

① 莼鲈(chún lú)思:即"莼鲈之思",指思乡之情。《晋书·张翰传》:"翰因见秋风起,乃思吴中菰菜、莼羹、鲈鱼脍,曰:'人生贵得适志,何能羁宦数千里以要名爵乎?'遂命驾而归。"宋苏轼《送吕昌朝知嘉州》:"得句会应缘竹鹤,思归宁复为莼鲈。"宋辛弃疾《汉宫春·会稽秋风亭观雨》:"故人书报:'莫因循,忘却莼鲈'。"莼,莼菜。多年生水草,浮于水面,叶椭圆,花暗红。鲈,这里指鲈鱼的一种,松江名产,本名松江鲈。肉嫩而肥,鲜而无腥,有四腮,故亦称四腮鲈。

② 烟波:烟雾笼罩的江湖水面,也指避世隐居的江湖。

③ 旧衔:旧官衔。

今译

江湖烟波中的钓客尚有官衔在身,久别鲜美莼鲈心中更加馋意难掩。什么时候才能在秋风起时乘兴归去,无官一身轻,挂一叶满帆回到故乡。

(张锦华 注译)

镇 星 楼

（清）陈 祁

风中飞燕雨中鸥，草满池塘花满洲。
为爱宣城①诗句好，朗吟②独上镇星楼。

| 作者原注 | 元宣城贡师泰过枫泾有诗云："落花洲渚鸥迎雨，芳草池塘燕避风。" |

说 明

此首借贡师泰诗句,咏枫泾风光。

注 释

① 宣城:指贡师泰(1298—1362),字泰甫,号玩斋,宣城(今安徽宣城)人,元代著名文学家,有《枫泾舟中》诗。

② 朗吟:高声吟咏。唐张祜《题灵隐寺师一上人十韵》:"朗吟挥竹拂,高揖曳芒鞋。"

今 译

风中飞翔的燕子,雨中行走的沙鸥,池中长满了春草,绿洲开遍了野花。这是多么美妙的诗句,一边高声吟诵,一边独自登楼。

(倪春军 注译)

水 桥

(清)陈 祁

高楼刺绣①傍灯前,纺织声同滴漏②连。
何处风来砧杵③急,夕阳影里水桥边。

| 作者原注 | 俗妇女纺花刺绣,每至夜深。人家于水际植木铺板盖屋,其上曰"水桥"。 |

> 说 明

此首介绍枫泾镇临河而建的特色民居"水桥"。

> 注 释

① 刺绣：中国刺绣又称丝绣、针绣，是中国优秀的民族传统工艺之一。中国是世界上最早发现与使用蚕丝的国家，人们早在四五千年前就已经开始养蚕、缫丝了。

② 滴漏：古计时器，由漏壶和三下漏斗组成。

③ 砧杵（zhēn chǔ）：捣衣石和棒槌，亦指捣衣。南朝宋鲍令晖《题书后寄行人》："砧杵夜不发，高门昼常关。"

> 今 译

绣花女在高楼上依傍着灯火绣花，纺织女织布的声音连着滴漏的节奏。随风从哪里传来急促的捣衣声，傍晚时分夕阳西下水桥房倒影河中。

（姚金龙　注译）

名人故迹

法忍寺匾

（近代）高　燮

书法精能孰后先，而今寺①额两茫然。
米元章②与桑维翰，继以华亭张得天③。

作者原注　法忍寺匾额为米芾所书，寺中尚有"船子道场"匾额，为桑维翰书，"云深处"额则张照书也。

> 说 明

此首赞叹往昔法忍寺匾额上名家书法之多，并惋惜其佚失无踪。

> 注 释

① 寺：指法忍寺。唐咸通十一年（870），僧善会为纪念船子和尚，在其覆舟岸边创建法忍寺。初建时称建兴寺，宋代时改称法忍寺。近代俗称西林寺。该寺遗址现为金山区委党校和榆松苑。

② 米元章：即米芾，北宋著名书法家。桑维翰：五代后晋宰相。两人均曾为法忍寺书写过匾额。

③ 张得天：即张照，江苏娄县（今上海松江）人，清代名臣、诗人、书画家。

> 今 译

书法精通熟练方面谁后谁先？今天寺里匾额皆已茫然不见。早先为寺里题匾的有米芾和桑维翰，后来还有华亭的张照。

（费明　注译）

天空阁碑

(近代)高 燮

天空阁①外月如霜,掘得残碑字数行。
上有愚公谷人记,会昌年号②署堂堂。

作者原注　法忍寺天空阁为船子和尚遗迹,久毁。曩于阁外掘得片石,有绝句云:"和尚东来泊钓船,一溪秋水月明天。此中定有高人出,为忆前生几百年。会昌元年愚公谷人记。"三十七字皆完好。

> 说 明

此首通过对出土残碑的描述,感叹法忍寺天空阁遗迹被历史掩藏。

> 注 释

① 天空阁:法忍寺内的三层高阁。清代嘉庆六年(1801),天空阁遭遇火灾,化为灰烬。

② 会昌年号:唐武宗年号(841—846),武宗时朝廷打压佛教,史称"武宗灭佛"。堂堂:庄严大方,此处为明白无误之意。

> 今 译

天空阁外月色皓如寒霜,掘出的残碑上有几行字。上面刻有愚公谷人的手记,会昌年号署得庄严分明。

(费明 注译)

野 人 村

（清）倪式璐

野人村落霭①春温，嫩柳徐徐半覆门。
生小女郎解装束②，佳人③偏出野人村。

说 明

此首以干巷域内野人村的春景起兴,称赞该村风土灵秀而盛产江南佳丽。

注 释

① 霭:云气、雾气。西晋陆机《挽歌诗》:"倾云结流霭。"宋柳永《雨霖铃》:"暮霭沉沉楚天阔。"

② 生小:从小,小时候。《古诗为焦仲卿妻作》:"昔作女儿时,生小出野里。"唐元稹《旱灾自咎贻七县宰》:"生小下俚住,不曾州县门。"解装:卸下行装。唐韩愈《示爽》:"念汝欲别我,解装具盘筵。"宋苏辙《次韵子瞻游径山》:"解装投锡不复去,纷纷四合来乌鸢。"

③ 佳人:指有才或美貌的女子。唐杜甫《江畔独步寻花》(其四):"谁能载酒开金盏,唤取佳人舞绣筵。"宋苏轼《虢国夫人夜游图》:"佳人自鞚玉花骢,翩如惊燕踏飞龙。"野人村:位于今吕巷镇龙跃村。

今 译

春天的野人村里弥漫着温暖的云气,娇嫩的柳条随风微微飘拂,遮蔽了半扇门。年轻的姑娘即懂得穿着打扮,出众的佳丽偏偏出在这野人村。

(杨以豪 注译)

甪里村

(近代)高 燮

村名甪里混樵渔①,甪里先生此卜居②。
莫管赤松与黄石③,且凭传说一相于④。

作者原注 | 甪里村在张堰南。

> 说 明

此首介绍张堰域内甪里村名字由来,兼及甪里先生之传说。

> 注 释

① 樵渔:樵夫和渔夫,泛指村舍中人。唐岑参《终南山双峰草堂作》:"有时逐樵渔,尽日不冠带。"

② 甪(lù)里先生:秦末汉初的著名隐士,"商山四皓"之一,其人为饱学之士且德高望重,传闻为避秦乱而结茅山林。卜居:择地居住。南齐萧子良《行宅诗》:"访宇北山阿,卜居西野外。"

③ 赤松:即赤松子,相传为上古时神仙。唐李白《送王屋山人魏万还王屋》:"落帆金华岸,赤松若可招。"黄石:指黄石公,秦时隐士。隋卢思道《春夕经行留侯墓诗》:"少小期黄石,晚年游赤松。"

④ 相于:相厚,相亲近。唐杜甫《赠李八秘书别三十韵》:"此行非不济,良友昔相于。"

> 今 译

甪里村人丁兴旺,听闻甪里先生曾择此地而居。不要追问赤松子、黄石公是否来过此地,他们也都是因为传说而为人所熟知。

(刘伟 注译)

读 书 墩

（清）陈 祁

读书墩①上树婆娑，结伴寻芳几度过。
古迹遗踪谁记取，西巷②南寺老僧多。

作者原注　读书墩，陈顾野王读书之所。西庵、南寺皆古刹。

说 明

此首咏顾野王读书堆。

注 释

① 读书墩：即顾野王读书堆，在金山亭林。南宋《绍熙云间志》记载："（宝云）寺南高基，野王曾于此修《舆地志》。世传以为'顾野王读书墩'。"

② 西巷：即西庵，宋朝古刹，在松江佘山，后改名宣妙讲寺。清《（雍正）云间志略》记载："宣妙讲寺，本佘山西庵，宋建。"南寺：又名隆平寺。《（崇祯）松江府志》记载："隆平寺，在青龙镇隆福寺北，故俗称南寺。"

今 译

读书堆上树影婆娑，曾经几度结伴而过。谁还记得历史的遗迹？恐怕只有庙里的老僧。

（倪春军　注译）

相 公 堂

（清）沈蓉城

堂开八月相公门，游女纷来远近村。
积得纱钱①馀几个，买携红柿爱铜盆②。

作者原注　镇北镇海侯庙，俗称"施相公堂"，每岁八月初旬，烧香者云集。铜盆，柿名。

说 明

此首介绍镇北施相公堂八月香火之盛。

注 释

① 纱钱：纺纱所换之钱。
② 铜盆：古时枫泾所产的一种柿子，个大而圆，俗称"铜盆柿"。

今 译

八月初施相公堂开门迎接香客，远近各村的妇女们纷纷前来烧香。积攒着做纱线活所赚的几个零钱购买"铜盆柿"回家去品尝。

（姚金龙　注译）

补 堂

(清)沈蓉城

渡接梅花近水坳,补堂还有屋编茅[1]。
至今塑像传萧寺[2],不但遗经注易爻[3]。

作者原注　花园滞,旧名梅花渡,沈泓居此,其堂曰补堂,众以有功乡里,塑像海慧寺。泓著《易宪》行世。

> **说　明**

此首介绍明末枫泾名士沈泓故居"补堂"。

> **注　释**

① 编茅：用稻草、茅草编织做屋顶的茅屋。

② 萧寺：即海慧寺，建于宋代，规模宏大，环境优美，寺内有八景，分别是：水波壁、留春亭、精进阁、转藏殿、金沙滩、圆田汇、留庆河和八角井。

③ 易爻（yáo）：易经的爻辞。

> **今　译**

梅花渡花园靠近水坳，补堂还剩下茅草屋。因为堂主有功于乡里，人们将其塑像供奉于海慧寺，他还曾注过《易经》的爻辞。

（姚金龙　注译）

山 晓 阁

（清）沈蓉城

茂林环径竹遮庐，此地先生①旧隐居。
镂板②甚多标姓字，尽如山晓阁中书。

作者原注 | 山晓阁，孙琮读书处。

说明

此首介绍清初枫泾南镇藏书家、文学家孙琮专事读书著述之处山晓阁。

注释

① 先生：指山晓阁主人孙琮（1636—1716），字执升，号寒巢。枫泾南镇人，清初藏书家、文学家。其人博学多才，中秀才后放弃科举之路，以隐士自居，专事读书著述。

② 镂（lòu）板：雕刻以印书的木板，引申为雕版刻书。清吴伟业《汲古阁歌》："搜求遗逸悬金购，缮写精能镂板工。"清张廷玉《明史·于谦传》："千户白琦又请榜其罪，镂板示天下，一时希旨取宠者，率以谦为口实。"

今译

茂密树林环绕的小径以及竹林遮掩下的屋子，就是孙琮旧时隐居之地。许多精美的雕版上都标有姓名，这似乎都是山晓阁当年的藏书。

（姚金龙　注译）

吴梁宅

(清)时光弼

白头故老叹龙钟[①],话到前朝兴倍浓。
指点吴家新旧宅,当年曾宿海刚峰[②]。

作者原注 | 明吴太守梁旧宅新宅,海忠介曾信宿焉。

> 说 明

此首写作者遇到一个老人讲述前朝廉吏吴梁旧宅的故事，有不胜沧桑之感。

> 注 释

① 龙钟：指年老体衰。唐李端《赠薛戴》："交结惭时辈，龙钟似老翁。"唐岑参《逢入京使》："故园东望路漫漫，双袖龙钟泪不干。"

② 海刚峰：海瑞（1514—1587），字汝贤，号刚峰，海南琼山（今海口市）人。明朝著名清官。明代吴梁扩建祖上私宅为"吴家花园"。传说海瑞与吴梁是亲戚，海瑞幼年时曾在此花园中读书。今旧址为张堰公园。

> 今 译

面前的白发老人感叹自己年老体衰，说起前朝的事情却突然来了精神。他对着吴梁家的旧宅和新宅指指点点，讲起当年海瑞曾在此借宿的往事。

（杨以豪　注译）

太仆宅、清风阁

(清)程兼善

太仆门东接稻畦[①],田歌[②]唱遍绿秧齐。
农家怪道[③]无村态,都向清风阁畔栖。

| 作者原注 | 明顾太仆际明故宅在溪东。清风阁在其北,为谢比部垣别业。 |

说 明

此首介绍明代枫泾廉吏顾际明与清代诗人谢垣的古宅,寓有敬仰之意。

注 释

① 稻畦:整齐的稻田。
② 田歌:田山歌,农人劳动时唱的歌谣。
③ 怪道:怪不得,难怪。

今 译

顾太仆故宅东面连接着稻田菜畦,田歌声声碧绿秧苗已经长齐。那里的农家怪不得没有村庄样子了,大都搬到谢氏清风阁那边去居住了。

(姚金龙 注译)

尚 书 坟

(近代) 高 燮

谁起千秋明代魂,惠高泾①上尚书坟。
温恭②有恪姚夫子,一传堂堂众所尊。

| 作者原注 | 司寇姚士慎墓在惠高泾西南,人称"尚书坟"。当时陈子龙作传,称为"温恭有恪者"也。 |

说 明

此首介绍廊下域内姚士慎墓,兼赞姚士慎"温恭有恪"的人格魅力。

注 释

① 惠高泾:属黄浦江水系,位于金山区中部。
② 温恭:温和恭敬。恪:恭敬、谨慎。《诗经·商颂·那》:"温恭朝夕,执事有恪。"姚夫子:姚士慎,字仲舍,华亭廊下人,明万历年间官至刑部尚书。

今 译

谁能唤起久远的明代乡贤之魂?惠高泾的尚书坟埋葬着姚士慎先生,他温和恭敬为人谨慎,陈子龙为他所作的传记为众人推尊。

（刘伟　注译）

结 诗 社

(清)曹 灶

五云结社久凋零,古巷难寻旧典型①。
多为文星②建高阁,何如重整小兰亭③。

说 明

此首是作者追忆当年"五云诗社"的盛景,以及感叹如今历史变迁、物是人非。

注 释

① 典型:模范,旧法。宋苏舜钦《代人上申公祝寿》:"天为移文象,人思奉典型。"宋苏轼《次韵子由送蒋夔赴代州学官》:"功利争先变法初,典型独守老成馀。"

② 文星:星名。即文昌星,又名文曲星。相传文曲星主文才,许多庙宇都有供奉文曲星的殿宇。唐杜甫《宴胡侍御书堂》:"今夜文星动,吾侪醉不归。"唐孟郊《哭李观》:"文星落奇曜,宝剑摧修铓。"

③ 小兰亭:指"小兰亭诗社",清顺治十年(1653),由干巷曹勋、曹炯兄弟与族中子弟曹尔堪等人创立。

今 译

"五云诗社"已然解散许久,古老的巷子再难找到旧日的盛景。许多人都在为供奉文曲星修建高高的楼阁,这怎么能比得上重整"小兰亭诗社"的深远意义呢!

(杨以豪 注译)

小兰亭诗社

（近代）高　燮

吟诗社结①小兰亭，下笔千言②世所惊。
昆弟③群从皆绝代，邺中④无此好才名。

作者原注　小兰亭诗社在干巷，为曹炯所创。炯与兄勋及兄子尔堪、尔埏、尔垣等，凡十六人，皆高才博学，名动海内。单恂《题壁》诗有"四十一贤输一姓，古今应数邺中才"句。

说 明

此首介绍干巷域内小兰亭诗社往昔诗文唱和盛况,并盛赞曹氏兄弟的诗文才情。

注 释

① 社结:即结社。唐刘禹锡《赠别约师》:"庐山曾结社,桂水远扬舲。"

② 下笔千言:喻文思敏捷,写作迅速。宋曾巩《送丰稷》:"读书一见若经诵,下笔千言能立成。"

③ 昆弟:兄弟。西晋张华《晋宗亲会歌》:"骨肉散不殊,昆弟岂他人。"群从:堂兄弟及诸子侄。唐白居易《喜敏中及第偶示所怀》:"自知群从为儒少,岂料词场中第频。"

④ 邺中:三国魏的都城邺,后世多以"邺中"指代三国魏。

今 译

曹炯与族中子弟结成"小兰亭诗社",其文思敏捷为世人所赞叹。族中子弟也都冠绝当代,即便是邺中曹操父子也没有如此高的才情。

(刘伟 注译)

廊下东园、西园

(近代)高 燮

园辟东西文誉驰①,姚家兄弟互为师。
至今族姓衰微甚②,惟见门前大石狮。

| 作者原注 | 东园、西园在廊下,为姚培厚、培仁、培位、培衷、培益兄弟读书处。"闭门兄弟互为师",董邦达题园壁句也。 |

说 明

此首介绍廊下姚氏东园、西园往昔盛景,今昔对比,感古伤今。

注 释

① 驰:传播,传扬。唐李白《赠从孙义兴宰铭》:"化洽一邦上,名驰三江外。"

② 甚:非常。宋周敦颐《爱莲说》:"水陆草木之花,可爱者甚蕃。"

今 译

昔日姚家兄弟读书处被辟为东、西二园,他们兄友弟恭互相学习。如今家族没落之极不复兴旺,唯有门前的石狮仍固守旧园。

(刘伟 注译)

临溪书屋

(近代)高 燮

一门诗画世争传,书屋临溪望若仙。
留得翁山①题句在,遗编②三秀③久成烟。

作者原注　临溪书屋在干巷,为曹尔垓与其弟垓咏诗制曲之所,其母吴朏、妇李立燕、女鉴冰并能诗善画,有合编《三秀集》。番禺屈大均《题临溪书屋》诗云:"有美茸城客,新多娇女篇。惠芳诗总好,织素画俱妍。白荡三湖水,青峰九叠烟。室人同命管,纨扇世争传。"

231

说 明

此首介绍干巷域内临溪书屋，昔日屋主曹氏一家咏诗制曲，今唯见题句不见旧编，不胜感怅。

注 释

① 翁山：屈大均字翁山。其人为明末清初著名学者、诗人，广东广州府番禺县（今广州市番禺区）人，曾为临溪书屋题字。

② 遗编：前人留下的著作。唐杜甫《陈拾遗故宅》："终古立忠义，感遇有遗编。"

③ 三秀：指曹尔埁母吴朏、妻李立燕、女鉴冰合编的诗集《三秀集》。

今 译

干巷曹氏一家的诗画作品为世人争相传颂，其书屋临溪而建，远望如仙人居所。如今屈大均的题句依然可见，而《三秀集》却成过眼云烟，不复存世。

（刘伟　注译）

南湖草堂

（清）王丕曾

南湖结伴荡斜曛①，无限烟波接暮云。
不是诗人贪倚棹②，书声隐隐隔篱闻。

作者原注 | 方氏南湖草堂，教读最盛。

说 明

此首描绘作者与友人在南湖划船,听到南湖草堂学子的读书声,感到欣慰。

注 释

① 曛(xūn):黄昏日落时的余光。宋贺铸《更漏子》:"芳草斜曛。"宋陈与义《寄题赵景温筠居轩》:"碧干立疏雨,丛梢冒斜曛。"

② 倚棹:靠着船桨,犹言泛舟。南朝陈江总《卞山楚庙》:"苹藻祈明德,倚棹息岩阿。"唐卢照邻《椴川独泛》:"倚棹春江上,横舟石岸前。"

今 译

与朋友在南湖结伴划船,荡漾在夕阳照耀的碧波上,无边无垠的水雾在地平线处连接着傍晚的彩云。不是诗人贪恋划船的乐趣,只是喜欢听这篱笆里隐隐传来的学子读书声。

(杨以豪 注译)

守 山 阁

(近代)高　燮

荟萃群书事表彰,守山高阁富庋藏①。
校雠②次第方刊竣,一炬无存剧可伤。

作者原注　守山阁在钱圩,为钱雪枝先生建,以庋藏所刊巨帙如《守山阁丛书》《珠丛别录》《指海》等版片,都数百种。

说 明

此首介绍钱圩域内秦山钱氏守山阁,追忆其往日藏书、校勘、抄书盛况,叹息藏书付之一炬,颇多惋惜感伤。

注 释

① 庋藏:收藏。明曹溶《遣胥至曲阳拓北岳庙碑》:"庋藏虽百编,零落亦已众。"

② 校雠:校对书籍,以正误谬。唐韩愈《送郑十校理得洛字》:"才子富文华,校雠天禄阁。"次第:排比编次。唐元结《文编序》:"乃次第近作,合於旧编。"

今 译

守山阁内藏书丰富,汇集群书以赓续文脉。就在校勘、编次完成之际,却于兵燹中付之一炬,实在令人扼腕感伤!

(刘伟　注译)

抱瓮居

(近代)高 燮

哑子桥①边水一渠,当年张老②注虫鱼。
至今瓦砾堆如阜③,遗址谁寻抱瓮居。

作者原注 | 张啸山先生抱瓮居在张堰哑子桥塊。

说 明

此首介绍清代著名学者张文虎（字啸山）旧居，感叹其身后故宅之荒凉。

注 释

① 哑子桥：又名起凤桥。

② 张老：指张文虎（1808—1885），南汇周浦人，赘于金山廊下，咸丰年间居张堰，清代著名学者、诗人，著有《古今乐律考》《舒艺室诗存》等。注虫鱼：注释儒家经典，为训诂考据之学。宋苏轼《欧阳季默以油烟墨二丸见饷各长寸许戏作小诗》："且当注虫鱼，莫草三千牍。"

③ 阜：土山。

今 译

哑子桥边有一条小小的河渠，当年张啸山先生在此做训诂考据的学问。如今瓦砾堆得像土山一样高，还有谁在遗址里找得到抱瓮居？

（费明 注译）

万 梅 庐

(近代) 高 燮

飞龙桥①畔万梅庐,钝剑诗人②此卜居。
一角选楼名变雅③,吟声夜半出窗虚④。

作者原注　｜　余任钝剑居张堰市东之飞龙桥,号万梅庐,选有《变雅楼三十年诗征》。

说 明

此首为诗人介绍其侄高旭的寓所"万梅花庐",兼及庐主的诗人风采。

注 释

① 飞龙桥:张堰古桥,后因牛桥河疏浚而拆毁。万梅庐:万梅花庐,为清末民初诗人高旭故居。据记载,此地完成了南社成立前的主要工作。

② 钝剑诗人:即高旭(1877—1925),字天梅,号剑公,别署钝剑,金山张堰人,南社创始人之一。卜:选择。卜居:选择居住。

③ 变雅:典出《诗·大序》:"至于王道衰,礼义废,政教失,国异政,家殊俗,而变风、变雅作矣。"

④ 窗虚:窗户。虚:为空廓意。宋陆游《夙兴》:"窗虚送月落,竹动喜风生。"

今 译

飞龙桥边有座万梅花庐,诗人高钝剑选择在此居住。将楼上的一角取名为"变雅",他的吟诗之声夜半飞出窗户。

(费明 注译)

松韵草堂

（近代）高 燮

堂名松韵一松无，但拥书城拓①壮图。
毕竟埋头何日了，好教望月向南湖②。

作者原注　松韵草堂在张堰之南湖头，姚甥石子建，额则余所书也。"南湖望月"亦为留溪八景之一。

说 明

此首为诗人介绍其外甥姚光藏书楼"松韵草堂",并勉励其读书明志,心怀振兴家国之作。

注 释

① 拓(tuò):开辟,扩充。拓壮图:指以读书来开辟心中之宏图。

② 南湖望月:以前张泾河流经张堰板桥后,在镇南拐一个弯,形成湖湾,再与新运盐河相通。水面宽阔,因在镇南,故名"南湖"。中秋之夜,皓月当空,宛如银盘,湖面樯桅聚集,渔光点点,天光湖色辉映,遂成一景。清王丕曾《留溪杂咏》:"南湖结伴荡斜曛,无限烟波接暮云。"

今 译

名叫松韵的草堂却没有一棵松树,只拥有如城的书籍以开辟宏图。埋头读书究竟哪天才能够结束,休息之时不妨望一下南湖的明月。

(费明 注译)

流憩山庄

（近代）高 燮

四壁图书静掩门，庄名流憩①自成村。
溪山真意②谁能领，欲起倪迂③与细论。

作者原注　　流憩山庄在干巷西，清乾隆时倪辅廷建，松杉交映，四壁图书。渔村司马与其弟蓉圃孝廉啸咏其中，时人有二难之目。"溪山真意"为山庄斋名。

> 说 明

此首借访流憩山庄,感受书香禅意。

> 注 释

① 流憩:典出晋陶渊明《归去来兮辞》:"策扶老以流憩,时矫首而遐观。"流憩山庄,位于干巷镇西,为清代乾隆年间倪辅廷建,当时远近文人经常在此雅集吟咏。今已不存。

② 溪山真意:山庄斋名,典出倪瓒《溪山图》,有一语双关之意。

③ 倪迂:即倪瓒,元代著名画家、诗人。

> 今 译

四壁装满图书而静掩屋门,山庄名叫流憩俨然成一小村。谁能领悟"溪山真意"的本意,想唤起倪瓒与他细细讨论。

(费明 注译)

顾氏①宗祠、义田

(清) 陈 祁

祠堂相望彩竿摇,松柏春秋霜露饶。
羡煞同卿②多远计,义田③留得自前朝。

作者原注 里中惟吾宗与顾氏建立家祠,而顾氏自前明太仆顾际明,捐置义田奉祀赡族,至今弗替。

说 明

此首咏嘉善顾氏宗祠及义田。

注 释

① 顾氏：指嘉善顾氏家族。清曹勋《明故中宪大夫太仆寺少卿海旸顾公行状》记载："顾氏著于晋，至宋湘洲刺史简子贡，其居清枫泾。"

② 冏卿：太仆寺卿之别称，缘于周代伯冏为太仆正。远计：考虑深远。汉司马迁《史记·范雎蔡泽列传》记载："大夫种为越王深谋远计，免会稽之危。"

③ 义田：中国古代士绅为赡养族人所置的田产。

今 译

顾家祠堂的彩竿在风中摇动，栽种的松柏经历了四季的雨露风霜。真是欣羡顾氏祖先的长远规划，从前朝就为子孙留下了百亩良田。

（倪春军　注译）

王氏宗祠

（清）程兼善

远宦^①何人返蜀中，崇祠^②创建斗门东。
遗碑有记人争拓^③，书法群夸侍讲^④工。

作者原注　王观察启焜，溪南人，任四川盐茶道，建宗祠于溪东斗门泾，王兰泉少司寇撰记，梁山舟侍讲书，刊石祠中。

说 明

此首介绍枫泾王氏宗祠及祠内金石文物。

注 释

① 远宦（huàn）：在远方做官。
② 崇祠：高大巍峨的祠堂。
③ 拓（tà）：用纸摹印碑石或器物上的文字或花纹。
④ 侍讲：官名，唐代始置，职责为讨论文史，整理经籍，以备皇帝顾问。此处指清代著名书法家梁同书。

今 译

在远方四川做官的王启焜返回枫溪，在溪东斗门泾建起高大的宗祠。人们争相拓印祠内的碑记，大家都夸赞梁同书侍讲的书法精美。

（姚金龙　注译）

名人珍闻

船子和尚

(清)黄 霆

船子①何心学钓翁,偶然浪迹在吴淞。
滩头烟艇②今何在,独听西亭③半夜钟。

作者原注 | 船子和尚名德诚,尝泛舟往来朱泾,以钓纶自随,后传道夹山,自覆舟化去。宋僧若圭于其地建西亭禅寺。

说 明

此首咏船子和尚逸事及旧游胜地。

注 释

① 船子：船子和尚，唐代高僧。其幼年受法于湖南药山弘道俨禅师，后飘然一舟泛于枫泾、朱泾之间，接送四方来者，纶钓舞棹，随缘度世。时人莫测其高深，称其为船子和尚。

② 烟艇：烟波中的小舟。唐陆龟蒙《奉和袭美添渔具·箬笠》："朝携下枫浦，晚戴出烟艇。"

③ 西亭：西亭兰若，宋代僧于船子和尚"游歌旧处"所建。宋林希逸《西亭兰若记》记载："西亭者，槜李僧若圭所建也，其地则船子诚师游歌旧处也。"

今 译

船子和尚并不是有意效仿归隐的钓叟，而是他偶然漂泊到云间华亭。当年岸边的小船如今安在？只听见西亭寺的夜半钟声。

（倪春军　注译）

山门会

(清)程来泰

船子宗风自昔传,宝炉①透出一丝烟。
山门②摩会人无数,可是今年胜去年。

> **说 明**

此首介绍船子和尚信徒众多,其宗风源远流长。

> **注 释**

① 宝炉:香炉的美称。宋陆游《暮冬夜宴》:"宝炉三尺香吐雾,画烛如椽风不动。"

② 山门:寺庙大门。唐储光羲《游茅山五首》(其五):"山门入松柏,天路涵空虚。"

> **今 译**

船子和尚的禅法宗旨是从古时就传承下来的,就如同香炉中冒出的烟火一般源远流长。庙门里挤满观摩庙会的信众,今年更是超过去年,盛况空前。

(刘伟 注译)

吴骐①、萧中素

（清）陈金浩

诗人愁望望湖泾，望见亭湖处士星②。
放落斧柯③又赋手，又能点铁作金铃④。

| 作者原注 | 吴处士骐，隐望湖泾，有《颙颔集》。亭林萧中素，号芷崖，隐于匠，集名《释柯》，得一冶工为弟子。 |

说 明

此首分咏华亭诗人吴骐（隐于金山望湖泾）、亭林诗人萧中素（以木工为业）。

注 释

① 吴骐（1620—1695）：字日千，号铠龙，又号九峰遗黎，江南华亭（今属上海松江）人。明崇祯时诸生，入清后不仕，著有《顱頷集》。萧中素：字芷厓，一名萧诗，亭林人，生卒年不详，生活于明末清初。入清后，弃举业，为木工，以工役之值自给，人称萧木匠。清康熙年间尚在世。著有《释柯集》《释柯余集》《南村诗稿》等。

② 处士星：少微星之别称。古人认为月犯少微星时，必有隐士罹难。唐罗隐《春日忆湖南旧游》："玳筵离隔将军幕，朱履频窥处士星。"

③ 斧柯：斧头，意谓萧中素木匠出身，以诗文为余事。赋手：原指作赋的手笔，这里指文学才华。元汪梦斗《朝中措》："便有二京赋手，也须费力铺张。"

④ 点铁作金铃：点铁成金，原指道家的一种炼金法术，后成为宋代江西诗派的诗学主张，强调创作的推陈出新。

今 译

诗人吴骐满怀愁绪在湖边远眺，只看见水面上倒映的少微星辰。木工萧中素抛下斧头提笔挥毫，所作诗篇新意迭见，点铁成金。

（倪春军　注译）

张 隐 士

(清) 程兼善

晴云渺渺①客行孤,湖海论交近已无。
谁似当年张处善,琴囊诗卷②一船俱。

| 作者原注 | 明陶宗仪《送张处善归枫溪》诗,有"湖海论交廿载前"句。 |

说 明

此首介绍明代枫泾隐士张处善并感叹知音之稀。

注 释

① 渺渺：悠远的样子。

② 琴囊诗卷：贮琴之囊和诗集。宋欧阳修《六一诗话》："余家旧蓄琴一张……其声清越，如击金石，遂以此布（蛮布）更为琴囊。"唐杜甫《送孔巢父谢病归游江东兼呈李白》："诗卷长留天地间，钓竿欲拂珊瑚树。"

今 译

晴空万里白云悠远，我孤独旅行，漫游湖海结交知音的快意现在已没有了。又有谁能像张处善当年那样豪迈，他在船上满载琴书回到故乡。

（姚金龙　注译）

沈朗乾[①]

(清) 陈 祁

画手争传第一名,狮峰[②]记取旧家声。
十年供奉君王宠,笔墨亲沾雨露[③]荣。

| 作者原注 | 家祖姑夫沈朗乾公,狮峰先生荃族人也,乙酉南巡名试画手第一,供奉内廷。 |

说明

此首咏枫泾画家沈映辉生平事迹。

注释

① 沈朗乾（1717—1793）：名映辉，字朗乾，号庚斋，又号雅堂。沈荃族侄孙，沈宗敬族子。江南松江府娄县（今金山枫泾）人。清乾隆年间廪贡生，清代著名画家。乾隆三十年（1765），乾隆皇帝南巡召试，沈映辉进献诗画册，被乾隆皇帝钦定为第一名，随即进官供职，任内务府司库。

② 狮峰：沈宗敬（1669—1735），字南季，号狮峰道人，沈荃之子。

③ 雨露：这里指皇帝的恩泽。

今译

沈朗乾是当时的第一画师，他也是狮峰道人的子侄。他在宫廷里常年侍奉君王，受到了皇帝的雨露恩泽。

（倪春军　注译）

沈 映 晖

（清）程兼善

虚白斋空笔墨芜①，当时仙梦已模糊。
绘林②一自书生老，谁画九峰三泖图。

作者原注　沈封翁映晖，溪北人，少时梦老人授五色石啖之，握笔遂若神助。乾隆南巡，以明经献诗画，上亲擢第一，品其画为书生画，供奉内廷。庚寅图九峰三泖祝万寿，御题"绘林荟美"字以赐之。著有《虚白斋画略》。

说 明

此首介绍枫泾宫廷画师沈映辉,慨叹其身后画苑寥落。

注 释

① 芜:本意为土地不耕种而荒废。这里指笔墨荒废。
② 绘林:绘画之林,即画苑、画坛之意。

今 译

虚白斋空空荡荡笔墨好久不用,斋主的仙人授石之梦已成为谈资。自从这位书生型画家作古就画坛冷寂,还有谁能画得出如《九峰三泖图》般的大作品呢?

(姚金龙 注译)

四 高 峰①

（清）陈 祁

峰列南高并北高，飞来缥缈总诗豪。
莫嫌小子②生偏晚，亲见挥毫续楚骚③。

作者原注　南高峰，顾孝标先生；北高峰，赵赤绣先生；飞来峰，蒋柏城先生；缥缈峰，曹兴门先生，俱以诗名家，号曰四峰。而赤绣先生尤工书法，为余受业师，兴门先生亦曾授余《读杜心解》批本。

说 明

此首合咏顾、赵、蒋、曹四位枫泾诗人。

注 释

① 四高峰：据作者自注，指顾、赵、蒋、曹四位枫泾诗人，时称"四峰先生"。《(光绪)重辑枫泾小志》记载："顾孝标惟本，住镇南；赵赤绣金简，住镇北。以诗文名于时，人呼'南北两高峰'。曹兴门复元，诗文不让二君，常游历他乡，人以'缥缈峰'目之。蒋百城文明，所居距镇十里，每到吟坛，辄疾走大呼，曰：'飞来峰至矣。'时号'四峰先生'。"

② 小子：本诗作者陈祁的自称。

③ 楚骚:《楚辞》。

今 译

南高峰与北高峰，还有飞来缥缈峰，这四位都是大诗人。不要说我出生太迟，我曾亲眼见到四位先生挥笔作诗。

（倪春军　注译）

赵金简①、管世昌

（清）陈　祁

端溪②石砚玉蟾蜍，湖笔松笺对绮疏③。
不数旧藏管赵帖，新摹赤绣凤山书。

| 作者原注 | 赵赤绣先生金简，管凤山先生世昌，俱里中书家。 |

说 明

此首咏枫泾赵金简、管世昌两位书法家。

注 释

① 赵金简：见陈祁《四高峰》注。管世昌：清代枫泾书法家。《（光绪）重辑枫泾小志》记载："管世昌，字宏通，居惠安里，真、草、隶、篆皆工，喜吟咏。子唯木，乾隆庚午举人，官遂溪知县。"

② 端溪：溪名，在广东省高要县东南，盛产砚石。制成者称端溪砚或端砚，为砚中上品。玉蟾蜍：玉雕的蟾蜍，盛水容器，多作书写文具之用。宋梅尧臣《问答·送九舅席上作》："玉蟾蜍，厕君笔砚诚有诸。"

③ 湖笔：浙江湖州善琏所产之笔，与徽墨、宣纸、端砚并称为"文房四宝"。松笺：即松花笺，也称薛涛笺，是一种淡黄色的笺纸。绮疏：雕刻成空心花纹的窗户。唐刘禹锡《秋声赋》："至若松竹含韵，梧楸蚤脱，惊绮疏之晓吹，堕碧砌之凉月。"

今 译

案上摆放着端溪石砚和玉雕水盆，窗前备好了善琏湖笔和淡黄花笺。管世昌与赵金简的字帖我多有收藏，经常拿出来描摹学习。

（倪春军　注译）

翰墨芬

(清)沈蓉城

翰墨①名高不易群②,每因人往慕馀芬。
凤山书法愚山画,称述应同砚子坟。

| 作者原注 | 管世昌,字凤山,善书。颜德珍,字愚山,善画。砚子坟,元张观以砚殉葬,故名。 |

说 明

此首介绍枫泾艺坛名家管世昌、颜德珍、张观。

注 释

① 翰墨：指笔和墨，借指文章书画等。
② 不易群：迥然出众而异于俗流之意。

今 译

枫泾书画、丹青名家声望与众不同，因而吸引人们前往仰慕无尽墨香。管凤山的书法以及颜愚山的国画，人们将之与张观同等称道。

（姚金龙　注译）

吴冷轩、杨铁斋

(清)时光弼

谁嗣农山翰墨芬①,冷轩诗律铁斋文。
科名②今昔虽难及,犹喜年年得采芹③。

作者原注 | 吴冷轩、杨铁斋两先生诗文在昔为里中之冠。

> 说 明

此首赞美吴冷轩和杨铁斋两位金山地区的著名文人。感叹今日乡人的科考功名不及先贤,但是看着年年入学读书的学子,作者难掩欣喜之情。

> 注 释

① 翰墨芬:形容书籍文字散发着美妙的气息。清弘历《贮云檐》:"据席衣裳润,披笺翰墨芬。"

② 科名:科举考中而取得的功名。唐杜牧《樊川文集》:"或以吏理进官,或以科名入仕。"唐张籍《送施肩吾东归》:"早闻诗句传人遍,新得科名到处闲。"

③ 采芹:入学或指考中秀才成了县学生员。《诗经·鲁颂·泮水》:"思乐泮水,薄采其芹。"宋洪适《鹿鸣宴致语口号》:"采芹东鲁浪歌僖,领海儒风异昔时。"宋王侑《乡饮酒诗》:"采芹严祀事,序齿集生徒。"

> 今 译

谁来继承农山先生的笔情墨意?唯有吴冷轩的诗作和杨铁斋的文章才可以比拟。虽然今时乡人的科考功名比不上先贤,但看到年年都有新入学的莘莘学子,我仍然感到欣慰。

(杨以豪 注译)

陈 光 禄

（清）程兼善

后代谁推鉴古家，摩挲①彝鼎宰官夸。
当年只有陈光禄②，修罢西清两鬓华③。

作者原注　陈光禄枫崖先生，讳孝泳，予外曾王父也，乾隆丙寅诏修《西清古鉴》，以冢宰汪文端荐，参预讨论，遂受主知。

说 明

此首赞颂清代陈孝泳毕生致力于鉴古工作,并修撰《西清古鉴》,感叹其不易。

注 释

① 摩挲:细心抚摩,把玩。彝鼎:泛指古代祭祀用的鼎、尊、罍等礼器。宰官:古代官名,周代冢宰的属官,泛指官吏。

② 光禄:古代官名。因陈孝泳晋授光禄寺正卿,故敬称此职。

③ 两鬓华:两鬓斑白。唐高适《重阳》:"节物惊心两鬓华,东篱空绕未开花。"宋苏轼《次韵曾仲锡元日见寄》:"萧索东风两鬓华,年年幡胜剪宫花。"

今 译

后世鉴古大家中还有谁,研究礼器还能得到同僚们的称赞。当年也只有光禄枫崖先生陈孝泳,修撰完《西清古鉴》也已两鬓斑白。

(费明 注译)

王氏昆季

（清）时光弼

琅琊门第①继三槐，八座②声华迹未灰。
宰相尚书都御史，至今入耳灌如雷。

作者原注　|　王文恭昆季，俗称"三八轿"。

说 明

此首赞美张堰王氏的王顼龄兄弟三人,均曾在朝为官,誉传乡邦,有引为自豪的口吻。

注 释

① 琅琊(láng yá)门第:王氏郡望,琅琊王氏发展于曹魏西晋,确立于东晋初年并达到最盛时期,史称"王与马,共天下"。三槐:周代官廷外种有三棵槐树,三公朝天子时,面向三槐而立。后以三槐喻三公。《周礼·秋官·朝士》:"面三槐,三公位焉。"王家三兄弟里,哥哥王顼龄官至武英殿大学士、二哥王九龄官至都御史、小弟王鸿绪官至尚书,都是位极人臣的职位。

② 八座:东汉称六曹尚书及尚书令、尚书仆射为八座,清代称六部尚书为八座。声华:声誉荣耀。明孙承恩《送王司马致政归》:"八座声华旧,三朝见老成。"明黄佐《送三江先生》:"三朝礼乐归青简,八座声华动紫宸。"

今 译

琅琊王氏的门第里,有三兄弟王顼龄、王九龄、王鸿绪继承了三公的职位。"八座"的声名荣誉犹有遗响。三兄弟分别当了宰相、都御史和尚书,这些荣耀至今依旧如雷贯耳。

(杨以豪 注译)

杨给谏

（清）程兼善

送郎襆被①上春官，临别殷殷绪万端。
愿似当年杨给谏②，姓名争向榜头看。

作者原注　｜　杨给谏尔德，康熙戊戌会元，后督学粤东，溪南人。

说 明

此首诗人用女子口吻,借称赞杨尔德金榜题名的事迹,激励进京赶考的情郎取得佳绩。

注 释

① 襆被:用袱子包扎衣被,准备行装。春官:古官名,后为礼部的别称。上春官:参加科举考试。宋刘克庄《寄方时父二首》(其一):"兄已荷锄为老圃,弟方负笈上春官。"

② 给(jǐ)谏:古代官名。唐宋时给事中及谏议大夫的合称,清代用作六科给事中的别称。

今 译

为郎君进京赶考送上行囊,临别之际情意殷殷思绪万千。希望你像当年的杨给谏那样,发榜之时争取姓名位列在前。

(费明 注译)

宋茂庭

(清) 程 超

茂庭妙笔工山水,落宦天涯去不归。
三十年前挥洒①意,零纨断墨见偏稀。

作者原注　宋运清,字茂庭,号元叔,工山水,乾隆丙午举人,丁未挑发福建,历任晋、汀诸县,后家侯官。

说 明

此首讲述了工于山水画的宋茂庭背井离乡,宦游远方,感叹其存世之作稀少。

注 释

① 挥洒:形容写字作画运笔自如。唐杜甫《奉先刘少府新画山水障歌》:"刘侯天机精,爱画入骨髓。自有两儿郎,挥洒亦莫比。"

今 译

宋茂庭是工于山水画的高手,他去了远方做官再也未回故乡。三十年前挥毫泼墨的画作,如今连零星片纸也难以见到了。

(刘伟 注译)

程 南 村

(清)程兼善

南村①花木尽堪娱,帖考编成入宦途②。
可惜搜罗富金石③,未曾故里遍传摹。

作者原注　程通守文荣所居,在溪南南阳村,饶有泉石之胜,收藏金石甚富。著有《南村帖考》,咸丰癸丑殉难金陵。

说 明

此首感叹程南村先生爱好痴情于钟鼎碑碣的收集整理,却没有为故乡的金石留下摹拓,诗中有憾意和唏嘘。

注 释

① 南村:程文荣,号南村,枫泾南镇人,清代书法家、藏书家、金石学家。堪娱:感到愉快。宋蒋恢《野色》:"幽事每堪娱,秋深晚霁初。"

② 宦途:做官的生活、经历、遭遇。

③ 金石:指钟鼎碑碣等,古代常在上面铸刻文字记事。

今 译

南村先生旧居的花草树木足资赏玩,《南村帖考》汇编完成后他进入仕途。可惜搜尽天下众多的金石碑版,却未把故乡的碑刻传写临摹。

(费明　注译)

钱小洲、黄秋士

(清)程兼善

画笔当年数小洲,后来秋士最风流①。
只今谁泛秦淮②棹,重为卢家写莫愁③。

作者原注　钱小洲式金,工画,乾隆时人。黄秋士鞠,道光初旅食吴中,绘《沧浪亭图》,见赏于梁方伯章钜,遂入中丞陶文毅公幕府。后公总制两江,尝偕黄泛舟秦淮河,登莫愁亭,属画莫愁像,刊石亭中,一时名流题者殆遍。二人俱居溪北。

说明

此首赞叹钱小洲、黄秋士两位枫泾籍名画家绘画技艺超群，如今还未有人能够比肩。

注释

① 风流：杰出的、有才学的。宋苏轼《与江惇礼秀才书》之一："追思一时风流贤达，岂可复梦见哉！"

② 秦淮：河名，在今江苏南京。唐杜牧《泊秦淮》："烟笼寒水月笼沙，夜泊秦淮近酒家。"棹：原指船桨，此处为船的代称。

③ 莫愁：卢莫愁，战国末期楚国郢郫石城人，聪明美丽，能歌善舞，楚顷襄王将其召进宫中做歌舞侍姬。后因未婚夫被放逐扬州而投汉江，幸被渔夫救起不知所终。

今译

画艺之高要数当年钱小洲先生，后来的黄秋士最是才艺出众。现在还有谁泛舟秦淮河上，能为卢家女儿莫愁重新画像。

（费明　注译）

尹蓬头

(清) 程兼善

棕鞋①踏破几春秋，寂寞松篁②院尚留。
云外何年归铁鹤，神仙空说尹蓬头。

作者原注　尹蓬头，轶其名，尝居仁济道院，骑铁鹤飞去，里人顾逊诗云："一自去时骑铁鹤，棕鞋须记尹蓬头。"

说 明

此首描写了仁济道院隐士尹蓬头的传说,颇具传奇色彩。

注 释

① 棕鞋:棕丝做的鞋子。宋苏轼《宝山新开径》:"藤梢橘刺元无路,竹杖棕鞋不用扶。"

② 松筼:松与竹。唐白居易《劝酒》:"松筼薄暮亦栖鸟,桃李无情还笑人。"

今 译

他脚穿棕鞋踏过多少春秋,松竹寂寞而寺院仍在。云外的铁鹤哪一年会归来,人们仍说着那神仙般的尹蓬头。

(费明 注译)

焦 南 浦

(近代)高 燮

帆影湖声直到门,焦村①村里水流浑。
草堂南浦②无人识,旧额犹存此木轩。

作者原注 | 焦村在黄浦滨,为焦南浦先生袁熹故里。

> 说 明

此首感叹清初金山籍著名学者焦袁熹及其故居在岁月的长河里渐渐被人遗忘,颇有唏嘘之意。

> 注 释

① 焦村:指焦家村,在金山松隐。
② 南浦:指焦袁熹(1660—1736),金山松隐人。康熙三十五年(1696)举人。康熙五十三年,朝廷招选实学之士,经大臣推荐,奉旨召见,以双亲年高再三推辞。一生刻厉清苦,钻研学问。后授山阳教谕。

> 今 译

帆影和湖波声直传到门里,焦村的村间闾里一条河流水色浑黄。无人知道草堂里曾住过焦南浦先生,那"此木轩"的旧匾额至今犹存。

(费明 注译)

朱 二 坨

（近代）高 燮

考献征文①学有真，湖山到处着吟身②。
一抔③谁识先生墓，为表遗阡④式后人。

作者原注 | 朱二坨先生墓在干巷。先生所著书有干巷、朱泾二志，《读书求甚解》《游岳行程记》《湖山到处吟》《砚小史》《二坨诗文》等。余题阡石立其墓。

说明

此首介绍清代金山干巷籍学者、诗人朱栋(号二垞),并慨叹其遗墓之荒落。

注释

① 考献征文:指引经据典,广泛求证。
② 吟身:诗人之身。
③ 一抔:一捧黄土,指坟墓。唐骆宾王《为徐敬业讨武曌檄》:"一抔之土未干,六尺之孤安在?"明王世贞《吊陆叔平墓》(其一):"谁怜一抔土,却掩五车书。"
④ 遗阡:所遗坟墓及墓道。

今译

先生做训诂考据之学有真才,湖山佳处都留下过他吟诗的身影。而今谁还认得如一捧黄土的先生墓,我要为这墓道立石指引后人。

(费明 注译)

曹介人

（近代）高 燮

闲来访古到溪①边，小普陀②中断佛烟。
当日骊珠楼早坏，菜根处额亦茫然。

作者原注　小普陀在干溪，为曹介人别驾蕃读书处，昔有"骊珠楼"及"菜根处"诸额。

说 明

此首为寻访曹蕃读书处慨叹遗迹颓败之貌，诗尾尽述心中茫然之情。

注 释

① 溪：指干溪，干巷旧称，现干巷仍有干溪街等路名。相传上古铸剑人干将居住于此，他铸剑时冶炼的水成为溪河，故名干溪。

② 小普陀：始建于明代嘉靖年间，万历三十二年（1604），由当地绅士曹蕃之子曹宏卿赞助，僧寂慧募修，供奉观音像，故名"小普陀"。小普陀周围现已辟为干巷学校中学部操场。

今 译

闲时寻访古迹到了干溪边，小普陀庵没了礼佛的香烟。当初的骊珠楼早已毁损，"菜根处"的匾额也茫然无觅。

（费明 注译）

谢氏琴箫

(清)陈 祁

箫吹碧玉①谢东山,荣子②鸣琴当舞班。
紫佩③朱弦同谱曲,虹桥风月异人寰④。

| 作者原注 | 秋曹谢东君先生善抚琴,其封翁善吹箫,居虹桥浜。 |

> 说 明

此首咏谢氏琴箫技艺。

> 注 释

① 碧玉:即"弄玉吹箫"的典故。汉刘向《列仙传》记载:"萧史者,秦穆公时人也,善吹箫,能致孔雀白鹤于庭。穆公有女字弄玉,好之。公遂以女妻焉,日数弄玉作凤鸣,居数年,吹似凤声,凤凰来止其屋。公为作凤台。夫归止其上,不下数年,一旦皆偕随凤凰飞去。故秦人留作凤女祠于雍,宫中时有箫声而已。"谢东山:谢安(320—385),东晋时期的政治家、文学家。隐居会稽郡山阴县之东山,故称"谢东山"。

② 莱子:老莱子。老莱子七十岁时,穿着五色彩衣,孝养父母。这里借指谢氏被荫封的长者。

③ 紫佩:箫的雅称。朱弦:琴的别称。

④ 人寰:人间。唐白居易《长恨歌》:"回头下望人寰处,不见长安见尘雾。"

> 今 译

谢安的箫声缥缈悠扬,老莱子的琴声婉转动听。当箫声和琴声合奏共鸣时,虹桥的风月仿佛人间仙境。

(倪春军　注译)

谢 家 诗

（清）陈 祁

江乡①文献动遐思②，祖德③先畴④略记之。
旧事偶寻朱十句，俚言聊挚⑤谢家诗。

作者原注　｜　嘉兴朱竹垞太史有《鸳鸯湖棹歌》一百首，里中谢金圃少冢宰有俚言诗十二首。

说 明

此首写作者读朱竹垞、谢金圃两家诗,并从其中寻觅旧事,考据方言的经历。诗以记事,出语轻松,却颇见治学之心。

注 释

① 江乡:多江河的地方,多指江南水乡。宋丘葵《江乡》:"芦荻丛边日正长,人间乐处是江乡。"

② 遐思:悠远的思索或想象。明陶宗仪《辍耕录·宣文阁》:"以天历二年三月,作奎章之阁,备燕闲之居,将以渊潜遐思,缉熙典学。"

③ 祖德:祖宗的功德。《管子·四称》:"循其祖德,辩其顺逆,推育贤人。"宋范仲淹《赠樊秀才》:"始知祖德长,光辉传佩刀。"

④ 先畴(chóu):先人所留下的田地。清顾炎武《桃花溪歌赠陈处士梅》:"嘉蔬名木本先畴,海志山经成外史。"《文选·班固〈西都赋〉》:"士食旧德之名氏,农服先畴之畎亩。"

⑤ 挚(zhì):作动词,有攫取之意。

今 译

江乡的文献牵动着我悠远的思绪,记录下祖宗功德和所留下的田地。旧事可偶从朱竹垞诗中寻得蛛丝马迹,方言俗语且从谢金圃诗中了解和考据。

(张锦华 注译)

九 老 图

（清）程兼善

香山①曩日竞扶藜②，九老筵开旧侣携。
谁向吴兴③寻画手，一时薇省④遍留题。

作者原注	乾隆时，蔡封翁维熊集九老人仿香山故事，作会于其家之尊德堂，苕溪沈宗骞绘图，蒋心余太史诸人俱有诗题，今图藏蔡氏。

说 明

此首介绍状元蔡以台之父蔡维熊集邑中九老,创办同人组织"尊德会",以及时人为之绘图题诗之艺苑盛举。

注 释

① 香山:指唐代诗人白居易,字乐天,号香山居士。
② 扶藜:扶杖。
③ 吴兴:浙江湖州的古称,三国时置吴兴郡,包括今湖州一带。
④ 薇省:紫薇省的简称,借指中枢机要官署。

今 译

蔡维熊仿佛像白香山当年扶杖的风度,九位老人组成"尊德会",都是交往亲密的好朋友。是谁求来吴兴沈宗骞为之而作的《九老图》,一时之间朝中的官员都在图上题诗纪盛。

(姚金龙 注译)

姚 廊

(近代)高 燮

闻说豪吟咏八砖①,姚廊高会②集群贤。
清仪③曾此经三宿,八十年来一慨然。

作者原注 | 道光庚子之夏,张叔未解元至廊下姚氏,咏八砖精舍诗,见张啸山先生《怀旧杂记》。廊下,又名姚廊。

说 明

此首追忆清代金石学家、书法家张廷济（号叔未）与群贤在廊下雅集时的诗会盛况。

注 释

① 八砖：即八块古砖。张叔未为清道光间金石大家，其有一斋名为"八砖精舍"，以藏有八块汉晋古砖而名。

② 高会：盛大的聚会。东汉陈琳《诗》："高会时不娱，羁客难为心。"唐杜甫《随章留后新亭会送诸君》："新亭有高会，行子得良时。"

③ 清仪：代指张叔未。清仪阁为张叔未藏品收储之所，其本人亦有清仪老人之称。三宿：犹三日，此处当为虚指。唐白居易《宿天竺寺回》："野寺经三宿，都城复一还。"

今 译

听说张叔未曾在此朗吟"八砖精舍诗"，廊下举行了盛大聚会，一时群贤毕至。他也曾在此小住三日，这事已过去了八十年，至今思之犹令人感叹。

（刘伟 注译）

孙畹兰

(清)程兼善

开到荼蘼①春已阑,画楼梦醒兔华②残。
落花到处红如雨,闲恨人犹说畹兰。

作者原注　闺秀孙畹兰,溪南人,有《春尽》诗云:"可怜春去凭谁挽,静对花飞有所思。"载阮文达《两浙辅轩录》,有《饮恨吟》编。

说 明

此首介绍枫泾清代闺秀诗人孙畹兰,赞扬其过人才情及身后才名。

注 释

① 荼蘼(tú mí):又名酴醿,蔷薇科蔷薇属的落叶或半常绿蔓生灌木,花为白色,有芳香,是春季最后盛放的花,在古代是极其有名的花木。阑:将尽。

② 兔华:明月的雅称。

今 译

当荼蘼花开已到暮春时候,在画楼上从梦中醒来,月亮快要落下去。花瓣飘落满地像刚下过红雨一样,人们还在说着善写春愁的孙畹兰。

(姚金龙　注译)

毕宜人

（清）程兼善

弱柳①夭桃共斗妍，远香阁上有遗笺。
年来彤管②多新咏，谁向妆奁③订汇编。

作者原注　外祖母毕宜人讳慧，尚书秋帆先生长女、祖陈二痴先生室也，著有《远香阁吟草》。有踏青句云："一样春风弄颜色，桃花含笑柳含愁。"见袁简斋太史《随园诗话》。《彤管汇编》，闺秀戴素蟾辑。

说 明

此首赞颂闺秀诗人蕙质兰心,慨叹其才世间难得。

注 释

① 弱柳:柔弱的柳树,指美人。清曹雪芹《赞林黛玉》:"娴静时如姣花照水,行动处似弱柳扶风。"夭桃:艳丽的桃花,喻指美丽的女子,典出《诗经·周南·桃夭》:"桃之夭夭,灼灼其华。"唐岑参《相和歌辞·长门怨》:"羞被夭桃笑,看春独不言。"

② 彤管:杆身漆朱的笔,指女子文墨之事。《诗经·邶风·静女》:"静女其娈,贻我彤管。"魏晋左思《娇女诗》:"握笔利彤管,篆刻未期益。"

③ 妆台:梳妆台,亦借指女子。唐韩溉《鹊》:"几度送风临玉户,一时传喜到妆台。"

今 译

柔弱的柳树和妖娆的桃花斗艳,远香阁上有遗存的五彩诗笺。近年来才女多有新诗吟唱,是谁将妆台前的诗歌结集汇编?

(费明 注译)

作者简介汇录

程兼善（1840—1918），清金山（今属上海市）枫泾人，字达青。清光绪年间优贡生，学识广博，尤熟地方掌故，曾分纂《嘉善县志》，总纂《於潜县志》，编纂《续修枫泾小志》。亦精篆刻，作品录入《中国篆刻大辞典》。善吟咏，所撰《枫泾棹歌》100首，广泛描述了枫泾的风土人情、桥梁地名和历史遗迹等。著有《潜阳樵唱》《怀瓶吟稿》等。

高　燮（1879—1958），字时若，号吹万，金山张堰人。南社诗人，与常州钱名山、昆山胡石予合称"江南三名士"。1903年起，与从侄高旭（天梅）、高增（卓庵）共同创办觉民社，出版爱国思想和革命倾向强烈的《觉民》月刊，1906年又与柳亚子、田桐等创办《复报》月刊。1912年，与姚石子等成立国学商兑会，出版《国学丛选》，致力于振兴国学，研讨学术。为人淡泊名利、热心公益事业，曾主持疏浚金山主要河道，修桥铺路，筑堤植树。著有《吹万楼文集》《吹万楼诗》等。

程　超　清金山（今属上海市）人，字器之，号山村。乾隆戊子举人。著有《山村诗稿》。

吴大复 清金山（今属上海市）人，居张堰，字翔云，号竹溪，原名光复。诸生。著有《南湖》《南塘》等集。

沈蓉城 （1748—1830），清金山（今属上海市）枫泾人，字书林，民间诗人，九品寿官。少年时能文善赋，称为神童。中秀才后，却屡考举人不中，自此专心行医。平生乐于行善，曾在乾隆年间捐建文昌阁，嘉庆年间编修家谱。工诗词，所作《枫溪竹枝词》100首，描绘了枫泾地理特征、桥梁地名、历史胜迹和四时风情，成为研究枫泾历史文化的瑰宝。

吴履刚 清金山（今属上海市）人，字子柔，同治九年（1870）优贡，光绪年间署苏州府学教授，后为学古堂监院。曾与卢道昌同编《卫乡要略》。

时光弼 清金山（今属上海市）张堰人。著有《右君文稿》《名庵仙史吟草》。

王丕曾 字研农，清金山（今属上海市）张堰人。王鸿绪族曾孙，王孙耀子，王步蟾弟。廪贡生，雅善绘事，著有《留溪杂咏》等。

丁宜福 （1818—1875），清十六保八图（原属南汇，今属上海市奉贤区金汇乡）人，字慈水，一字时水。清同治十一年（1872）贡生。善为八股文，尤工诗赋。著作甚丰，有《东亭吟稿》《卧游草》《南紫冈草堂诗钞》《沪渎联吟集》《南汇童谣》《浦南白屋诗草》等，辑有《恭桑录》《遗芳集》等，曾受聘《南汇县志》分纂。

陈金浩 清江苏华亭（今上海松江）人，字锦江。诸生，岁贡生。官宣城县教谕。

黄　霆 清金山（今属上海市）人，字橘洲。束发受业于其舅王耐亭，先学诗，年十八复学填词，逾冠授徒，研究四方音韵有年，著有传奇数种。著有《松江竹枝词》。

陈　祁 （1748—1812），清金山（今属上海市）枫泾人，字如京，乾隆年间议叙授郚县县丞，升临潼县知县，以军功升至甘肃布政使，赐顶戴花翎，荣耀至极，后因积劳成疾而病故。虽身居高位，仍不忘桑梓，曾捐资办义庄，赈助族人和贫民。善吟诗，著有《商于吟稿》《新丰吟稿》等，其《清风泾竹枝词》100首，至今被人吟咏珍藏。

倪式璐 清金山（今属上海市）人，字渔村。

曹　重 清娄县干巷人，初名尔垓，字十经，号南垓，自号千里生。曹伟谟族兄弟，曹尔堪从兄弟，曹烺、吴朏之子。以父烺乙酉（1645）遇害，遂绝意进取。初家干溪，晚年移居郡城东郊，筑"吟溪书室"，与朱轩等创"墨林诗画社"，啸吟自乐，耽于风雅。重才华溢发，博学工诗，尤善绘花卉，自号锦水渔郎。尤长于词，著《濯锦词》十卷。并好度曲，有《双鱼谱》流传。另著有《墨林譾集》。

王顼龄 （1642—1725），清江苏华亭张堰人，字颢士，一字容士，号瑁湖，晚号松乔老人。御史王广心长子，王鸿绪兄。康熙二年（1663）举人，十五年（1676）进士，授太常博士，十八年（1679）举博学鸿词科，获一等第六名，授翰林院编修，与纂《明史》。康熙五十一年（1712）迁吏部右侍郎。旋充经筵讲官，拜工部尚书，康熙五十七年（1718）进武英殿大学士。雍正即位，晋太子太傅，年八十四岁卒于位，赠少傅，谥"文恭"。著有《清崎堂稿》《索笑檐稿》《紫兰山馆稿》《华黍楼稿》《赐书楼稿》《含晖堂稿》《画舫斋稿》《松乔老人稿》《螺舟绮语》（又名《兰雪词》）。

王鸣盛 （1722—1797），清嘉定（今属上海市）人，字凤喈、礼堂、西庄，晚号西沚。乾隆进士，授翰林院编修。擢侍读学士，充福建乡试正考官，官至内阁学士兼礼部侍郎。少从沈德潜学诗，从惠栋治经。善诗文，通经学，尤精史学。著有《十七史商榷》《蛾术编》《尚书后案》《耕养斋诗文集》等。

程来泰 清金山（今属上海市）人，字符章，号斗村。诸生。端方正直，乡里所推，曾游夏焦桐之门。

顾文焕 清华亭（今上海松江）人，字虞征，诸生，例贡。著《竹庐诗稿》《咏菊小品》。七古拟长吉体，颇见神似。

吴芝秀 清金山（今属上海市）人，字瑞凝，号冷轩。诸生。著《吟窝诗集》。

曹　灶 金山人，字雪厓。

白泾野老 不详，待考。